DIABLE AU CORPS

CORPS

MISTER AOÛT

J. KENNER

AUTEURE DE BEST-SELLERS CLASSÉS AU NEW YORK TIMES

Apprivoise-moi

Tente-moi

Te désirer

T'enflammer

T'envoûter

En mille éclats

En mémoire de nous

En demi-teinte

Qui sera votre Homme du mois ?

Lorsqu'un groupe d'amis à la détermination farouche apprend que son bar préféré risque de fermer ses portes, ils prennent les choses en mains pour faire revenir les clients séduits par la concurrence. Investis d'une énergie vibrante, ils ripostent sous la forme d'épaules larges, de tablettes de chocolat et de torses nus : ceux d'une douzaine d'hommes du coin qu'ils tentent de convaincre, par la douceur et par la force, de participer au concours de l'Homme du mois pour leur grand calendrier.

Mais le sort de leur bar n'est pas le seul enjeu. Au fur et à mesure que la température monte, chacun des hommes va rencontrer sa moitié dans cette série de douze romances sexy et légères que vous ne pourrez pas lâcher jusqu'à la dernière page, sous la plume de J. Kenner, auteure de best-sellers classés par le New York Times.

— Chacun de ces tomes aborde une intrigue qu'on adore retrouver dans les romances – la belle et la bête, le bad boy milliardaire, l'amitié trans-formée en amour, l'histoire de la seconde chance,

le bébé secret et bien plus encore – pour une série qui touche au cœur et à l'âme de la romance. — Carly Phillips, auteure de best-sellers classés par le New York Times

Ne manquez aucun tome de la série pour savoir à quel homme du mois ira votre préférence !

Droit au cœur - Mister Janvier

Vague à l'âme - Mister Février

Raison d'être - Mister Mars

Coup de sang - Mister Avril

État d'âme - Mister Mai

Droit au but - Mister Juin

Au beau fixe - Mister Juillet

Diable au corps - Mister Août

Cri du cœur - Mister Septembre

Corps à corps - Mister Octobre

État d'esprit - Mister Novembre

Force d'âme... - Mister Décembre

Chaque tome de la série est un roman indépendant qui ne laisse pas le lecteur sur sa faim et se termine toujours bien !

DIABLE AU CORPS

— MISTER AOÛT —

J. KENNER

AUTEURE DE BEST-SELLERS CLASSÉS AU NEW YORK TIMES

M&O

Traduit de l'anglais par Catherine Tessier pour
Valentin Translation

Diable au corps Copyright © 2018 Julie Kenner
Extrait de *Cri du cœur* Copyright © 2018 Julie Kenner
Extrait de En mille éclats Copyright © 2018, 2020 Julie
Kenner

- Conception graphique de la couverture par Michele
Catalano, Catalano Creative
- Image de la couverture par luismolinero (digital) & netballs
(print) (Deposit Photos)

-Traduit de l'anglais par Catherine Tessier pour Valentin
Translation

ISBN (Digital): 978-1-949925-77-7
ISBN (Print): 978-1-949925-78-4

Publié par Martini & Olive Books
V-2020-8-14P

UN

Taylor D'Angelo fit la grimace en tendant sa carte de retrait. C'était une carte rechargeable, qu'elle remplissait à partir de son compte-chèques au début de chaque mois avec le montant exact de ses dépenses prévues. Puis elle croisa les doigts, alluma une bougie et supplia le dieu des finances de la laisser vivre un mois de plus sans crise.

Ce mois-ci, les dieux devaient être en rogne, car dès que la caissière aurait glissé sa carte dans le lecteur, Taylor aurait officiellement dépassé de cent cinquante dollars son budget mensuel.

Tout cela à cause d'un abruti qui avait jeté une brique par la vitre de sa Toyota Corolla,

toute cabossée mais encore en bon état de fonctionnement.

Six ans plus tôt, elle s'était convaincue
d'acheter ce modèle gris métallisé au fond du
parking, derrière le magasin de voitures d'occasion. Ce n'était pas un concessionnaire. Non, elle
s'était rendue dans ce genre d'établissement qui
acceptait les paiements cash ou vous envoyait
négocier avec un gars prénommé Guido pour
obtenir un financement. Il lui avait fallu tout un
après-midi pour prendre sa décision, mais elle ne
l'avait pas regrettée. La voiture était toute simple,
sans fioritures ni tralalas, mais au moins, c'était la
sienne. Synonyme de liberté.

C'était l'une des rares occasions où elle avait
utilisé l'argent qu'elle avait reçu de son père.
Pour elle, c'était de l'argent sale, celui du sang.
Pendant des années, elle avait essayé de faire
comme si cet argent n'existait pas. Mais la fac
coûtait très cher et elle s'était retrouvée
confrontée à un dilemme difficile : reporter ses
études, le temps qu'elle travaille et économise
pour se payer les frais de scolarité, ou s'inscrire en
dépensant ces dollars malsains pour une bonne
cause.

Elle s'était inscrite. Et elle avait utilisé l'argent pour les frais de scolarité de son premier semestre et la caution de son appartement.

En deuxième année, ses notes étaient assez bonnes pour lui permettre de décrocher une bourse d'études. Entre ce montant et le petit salaire de son job étudiant, elle tenait bon. Les dollars de son père pouvaient pourrir à la banque, elle s'en fichait éperdument.

D'ailleurs, maintenant qu'elle était sur le point d'obtenir son master, elle songeait à tout donner aux bonnes œuvres.

Sauf qu'elle ne l'avait pas fait. Et elle ne le ferait pas. Parce qu'un jour, elle pourrait en avoir besoin à nouveau. Pas pour des études, cette fois, mais pour la survie.

Un jour, elle allait peut-être devoir fuir.

Pitié, mon Dieu, non. Faites que ce soit terminé. Que je vive enfin en sécurité.

De l'autre côté du comptoir, la caisse cracha un reçu, accompagné d'un bip électronique qui tira Taylor de ses pensées. La caissière glissa le papier vers elle, et pendant une minute, Taylor hésita. Ce serait si facile d'utiliser sa réserve pour couvrir la franchise. Pour financer le loyer et les courses. Serait-ce vraiment si terrible ?

Oui. La question ne se posait même pas.

Taylor soupira, le stylo dans sa main.

— Quelque chose ne va pas ?

La fille derrière le comptoir avait une peau parfaite, des ongles soigneusement entretenus, des cheveux blonds coiffés à la perfection et sûrement la vie idéale qui allait avec, sans parler des parents qui non seulement lui payaient l'université, mais qui l'aimaient vraiment.

Bon sang, quelle amertume !

Taylor secoua la tête.

— Non. Aucun problème. J'ai juste passé une semaine de merde. Avec des dépenses imprévues.

— Je comprends. Je devais aller à San Antonio avec des amis, mais comme j'ai tout juste de quoi payer mon loyer, je fais des heures sup.

D'un geste, elle désigna l'intérieur de l'atelier de réparations automobiles. Un homme en costume était en train de lire un magazine professionnel tandis qu'un gars en bottes de motard se curait attentivement les ongles avec la pointe d'un canif.

— Mais ça va. C'est l'éclate ici.

Taylor se mit à rire. Elle s'en voulait de l'avoir mal jugée. En temps normal, elle n'était pas aussi peste que ça. Après tout, elle était bien placée pour savoir que l'apparence correspondait rarement à la vraie personnalité.

Elle signa le bordereau, puis le remit à la caissière, qui l'échangea contre ses clés.

Sa voiture était derrière le magasin, et dès qu'elle fut assise, elle ferma les yeux en se disant qu'elle avait pris la bonne décision et que tout irait bien. C'était vrai, et elle le savait. Seulement, elle en avait assez d'être fauchée. Très honnêtement, les bonnes décisions payaient super mal.

Pourtant, elle s'en sortait. Elle avait un excellent boulot chez Texas Performing Arts, dans le cadre d'un programme travail-études. Ça ne payait pas beaucoup, mais l'expérience était inestimable. Elle y travaillait depuis sa deuxième année de licence, et maintenant elle allait obtenir son master. Elle avait tendance à décrocher les meilleures missions grâce à son ancienneté.

Sans compter qu'on la payait pour organiser le concours de l'Homme du Mois, au bar le *Fix*, sur la 6ᵉ Rue. C'était divertissant et la rémunération était plutôt bonne. Ce concours pour l'élaboration d'un calendrier avait été lancé quelques mois plus tôt, lorsque le bar avait de sérieux problèmes financiers, afin d'attirer plus de clients. Les résultats avaient été meilleurs que prévu, et maintenant le *Fix* attirait des foules impressionnantes tous les soirs, et pas uniquement les deux mercredis par mois où le concours avait lieu.

Elle vérifia sa montre. Plus que trois heures avant le spectacle. Elle pesta tout bas. Elle aimait avoir trois heures pleines pour la préparation, et maintenant, elle allait manquer de temps.

Frustrée, elle tourna la clé de contact. La voiture s'anima et elle s'engagea dans la circulation de dix-sept heures qui obstruait Burnet Road en direction du *Fix*, plus au sud.

Avec la circulation, il lui fallut près de quarante-cinq minutes pour se rendre au centre-ville, trouver une place de parking qui ne lui coûterait pas plus cher que son loyer, puis piquer un sprint jusqu'au *Fix*. Elle franchit les portes à bout de souffle pour constater que quelqu'un avait déjà sorti le projecteur du placard de rangement et l'avait installé exactement comme il fallait.

Elle fit un détour par le bar au lieu de se diriger vers la scène, s'approchant de Jenna, l'une des copropriétaires du *Fix*, également responsable du concours.

— C'est toi qui as fait ça ?

Jenna glissa une mèche de longs cheveux roux derrière son oreille en secouant la tête.

Avant que Taylor puisse lui demander qui avait préparé le projecteur, Cameron Reed apparut au bar et lui donna un Coca Light.

— Quand Mina s'est rendu compte que tu serais en retard, elle a voulu donner un coup de main.

— C'est gentil, répondit Taylor.

Mina était la petite amie de Cameron et elle avait récemment obtenu son master en cinéma.

— Bien sûr, ce que j'aimerais encore plus, c'est que tu mettes un peu de rhum là-dedans, ajouta-t-elle en remuant les glaçons dans son verre. C'était de la folie aujourd'hui.

— Qu'est-ce qui s'est passé ? demanda Jenna.

— Oh, rien de bien méchant. Tout peut s'arranger en braquant les projecteurs sur douze beaux mecs à moitié à poil sur une scène.

Jenna pouffa et Taylor lança un sourire à Cam, aux larges épaules et aux yeux d'un bleu océan.

— On a pas mal d'anciens du calendrier qui travaillent ici. On devrait peut-être les faire bosser torse nu.

— Laisse-moi te dire non directement,

répondit Cam – Mister Mars, en l'occurrence. Et j'imagine que Reece et Tyree ne seront pas plus emballés par l'idée.

— C'est moi qui y mets mon veto, reprit Jenna, sa main sur son ventre, même si sa grossesse ne se voyait pas encore. À l'exception de sa photo dans le calendrier et de ses quelques minutes sur scène, personne ne verra Reece torse nu sauf moi.

Taylor éclata de rire et Cam pointa vers elle le pistolet à soda en disant :

— J'allais oublier. Taylor, quelqu'un a laissé un mot pour toi. Je l'ai mis dans le bureau. Donne-moi une seconde et je vais le chercher.

Sur ce, il quitta le bar, laissant Éric Shay, l'autre barman, aux commandes pour la soirée.

Taylor avait la chair de poule en regardant Cam disparaître dans le petit couloir conduisant au bureau. Elle but une gorgée de Coca Light en se disant que ce n'était sans doute rien. Tout comme le premier message qu'elle avait reçu.

Malgré tout, elle ne put réprimer une sensation d'effroi.

Deux semaines plus tôt environ, elle avait trouvé une carte de vœux anonyme dans son sac à dos. On avait dû la lui glisser quand elle était dans le département de théâtre. Elle avait changé de sac à dos ce matin-là, et quand il ne se trouvait pas par terre dans l'atelier du théâtre – une salle caverneuse où les décors étaient fabriqués – elle le gardait sur son épaule ou dans le coffre de sa voiture. Il n'y avait donc aucune autre possibilité.

Elle avait trouvé l'enveloppe tard dans la soirée, alors qu'elle vidait son sac sur la table de la cuisine avant de se mettre au travail. Il était coincé entre deux scripts et une anthologie de farces classiques qu'elle devait lire. Son propre prénom était inscrit à l'encre bleue, les lettres stylisées occupant la majeure partie de l'enveloppe. Elle avait supposé que c'était une invitation à une quelconque soirée.

À l'intérieur se trouvait une carte de vœux démodée, sous forme de fenêtre avec des rideaux de tulle flottant au vent. Le message disait : *Encore maintenant, je suis à ta fenêtre.*

Ce qui, bien sûr, aurait été effrayant si Taylor n'avait pas compris la référence – la réplique d'une chanson présentée dans la comédie musicale *Sweeney Todd*. Cette référence musicale lui laissait croire que la carte venait de Reggie.

Étudiant de dernière année, Reggie Jones était l'un des quinze élèves du séminaire du

Docteur Bishop sur la conception de décors. Taylor n'était pas officiellement l'assistante pédagogique de Bishop, mais c'était son conseiller dans le cadre de son master, et quand il lui avait demandé de faire une présentation sur le design minimaliste, elle s'était exécutée avec plaisir.

Par la suite, Reggie s'était attardé avec d'autres élèves pour discuter, et quand elle l'avait rencontré plus tard dans la salle de pause, ils avaient bavardé de leur amour commun pour les comédies musicales, notamment les œuvres de Sondheim.

Après deux autres rencontres fortuites du même type, il avait trouvé le courage de l'inviter à sortir avec lui.

Elle avait refusé, bien sûr. D'une part, elle n'était pas du tout attirée par ce garçon. Comme ce n'était pas le genre de réponse qu'elle pouvait lui donner, elle s'était contentée de dire qu'elle n'avait pas de temps pour ça. Qu'elle ne cherchait pas de relation pour le moment.

Ce n'était pas faux, mais pas tout à fait vrai non plus. Elle n'avait aucun intérêt à entamer une relation, et sa vie était beaucoup trop compliquée à ce jour, même si elle n'avait rien contre les histoires d'un soir. En tout cas, pas avec Reggie. Ni avec un gars qui chercherait à aller plus loin.

— Taylor ?

Surprise, elle tourna la tête vers Jenna et prit conscience qu'elle regardait fixement les bulles dans son verre, comme hypnotisée.

— Quoi ? Oh, pardon. J'étais ailleurs. Ça va.

Elle sourit de toutes ses dents et s'efforça de retrouver le moral assorti.

Mais dès que Cam revint avec le message, sa gaieté de façade s'effrita. L'enveloppe était la même. De la taille d'une carte de vœux. Papier de grande qualité, avec son prénom en écriture raffinée. Elle déglutit. Encore Reggie, certainement. Il savait qu'elle travaillait ici. Il devait se trouver plein de charme, à la courtiser ainsi avec des cartes. Il avait sans doute prévu toute une campagne. Carte après carte, avant de lui envoyer un bouquet de roses et de renouveler sa proposition.

C'était forcément Reggie. Parce que, bon sang, elle n'était pas prête à envisager l'option alternative.

Lentement, elle glissa le doigt sous le rabat et le décolla. Puis elle retira soigneusement la carte. Une paire d'yeux fermés ornait la couverture. À l'intérieur de la carte, quelqu'un avait écrit : *Tu m'appartiens.*

La carte lui échappa de la main et elle s'humecta les lèvres.

— Euh, Cam ?

Sa voix, remarqua-t-elle, paraissait relativement normale.

— Tu sais qui a laissé ça ?

— Désolé. C'était hier soir. On était débordés et je remplaçais Éric, alors j'étais tout seul ici.

— D'accord. Je comprends.

Elle s'éclaircit la gorge.

— Tu te souviens si c'était un gars aux cheveux très blonds, presque jaunes ? Un peu débraillé ?

C'était peut-être vraiment Reggie. Après tout, *Le Fantôme de l'Opéra* avait une réplique identique. *Ferme les yeux*, chantait le fantôme à Christina. Et puis plus tard : *Tu m'appartiens.*

Pas Sondheim, certes, mais toujours dans le registre des comédies musicales.

Cam secoua la tête.

— Désolé. Ça ne me dit rien.

Jenna serra la main de Taylor.

— Tu me fais peur. Que se passe-t-il ? Qui a les cheveux blonds ?

Taylor essaya de hausser les épaules avec nonchalance.

— Juste un gars de la fac. Il craque pour moi et il n'est pas très subtil. Mais je ne suis vraiment pas intéressée.

Elle voyait bien que Jenna n'était pas convaincue. Avant qu'elle puisse insister, Taylor baissa les yeux sur le ventre encore plat de Jenna.

— Je suis tellement contente que le bébé aille bien. Si tu savais comme je suis désolée.

— Tu plaisantes ? répondit Jenna en passant une main protectrice sur son ventre. Ce n'était pas du tout ta faute. Tout va bien. Et c'est moi qui suis désolée. Enfin, c'est ta voiture. Tu vas m'envoyer la facture pour le pare-brise, n'est-ce pas ?

— Ne sois pas bête. L'assurance prend tout en charge.

C'était un mensonge, mais elle n'allait pas préoccuper Jenna davantage, même si le remplacement allait laisser un vide de cent cinquante dollars dans le compte en banque de Taylor.

— En plus, ça aurait pu tout aussi bien m'arriver à moi. Je veux dire, si j'avais été...

Mais bien sûr ! Comment avait-elle pu être aussi stupide ?

Cette brique n'avait pas atterri là par hasard,

et elle n'était certainement pas destinée à Jenna. C'était un avertissement pour elle.

Elle baissa les yeux avant de se rendre compte qu'elle avait froissé la carte, le poing serré autour du bout de carton.

Ce n'était pas Reggie. Évidemment que ce n'était pas Reggie.

Il l'avait retrouvée. Elle ignorait comment, mais il l'avait retrouvée.

— Bon, Taylor, excuse-moi, mais tu commences à me faire peur.

— Quoi ? Pourquoi ?

— Tu couves quelque chose ? fit Jenna en tendant la main pour la poser sur son front.

Taylor faillit en rire.

— Tu feras une très bonne maman.

— Et toi, tu fais une mauvaise patiente.

Elle leva la main, faisant signe à quelqu'un derrière Taylor.

— Qu'y a-t-il ? s'enquit Mina en se glissant entre elles, ses bras sur leurs épaules.

Mina avait les cheveux coupés court, à la garçonne. Elle leur adressa un sourire espiègle avant d'envoyer un baiser à Cam.

— Je renvoie Taylor chez elle, expliqua

Jenna. Elle couve quelque chose. Tu peux jouer la régisseuse pour la soirée ?

— Oh, comme si ce que je faisais n'était qu'un jeu, rétorqua Taylor sur le ton de la plaisanterie.

Mina se redressa en se frottant les mains.

— Carrément. Il suffit de braquer le projecteur sur le candidat le plus canon et...

— Oui, bien sûr, fit Jenna. Si je te laisse faire, tu vas diriger le projecteur sur le bar de Cam toute la soirée.

— Certainement pas, s'écria Mina alors que le principal intéressé redressait ses épaules en se frottant les ongles sur le torse, feignant la vantardise. Je ne veux pas le montrer au reste du monde. Tu es à moi, ajouta-t-elle à son intention.

— Et ça me convient parfaitement.

Les femmes éclatèrent de rire.

— Bonne réponse, souffla Mina.

— Tu es sûre que ça ne te dérange pas ? demanda Taylor à Mina. Je me sens vraiment mal aujourd'hui.

— Tu plaisantes ? Je vais me régaler.

— Merci.

Elle glissa du tabouret, laissant un billet pour le soda et le pourboire.

— Je m'en vais avant qu'il y ait trop de monde.

Comme c'était le début du mois d'août, le soleil ne s'était pas encore couché, même s'il déclinait à l'horizon derrière elle, projetant de longues ombres effilées sur le trottoir alors qu'elle se dirigeait vers l'est, sur la 6ᵉ Rue, en direction du parking. Elle gardait les yeux rivés sur son ombre, nerveuse chaque fois qu'une autre silhouette apparaissait, indiquant que quelqu'un arrivait d'un pas rapide derrière elle.

À deux reprises, elle se retourna pour voir qui la suivait, mais ce n'était qu'un homme en costume la première fois, et la deuxième, une grande fille en jean et débardeur qui sautillait, ses écouteurs sur les oreilles.

— Détends-toi, s'intima-t-elle.

Brusquement, elle sursauta lorsque le bip de son téléphone portable indiqua l'arrivée d'un texto. Une fois de plus, elle accusa ses nerfs en pelote et afficha le message. Elle resta pétrifiée.

C'était une photo d'elle en train de quitter son appartement, avec un jean près du corps et un t-shirt du *Fantôme de l'Opéra*, ses longs cheveux bruns flottant autour de ses épaules l'une des rares fois où ils n'étaient pas coiffés en arrière. *Hier*.

Elle resta plantée sur le trottoir en attendant un autre texto. Un message. Un emoji. N'importe quoi pourvu qu'elle comprenne. Ou à défaut, qu'elle sache qui en était l'auteur.

L'ennui, c'était qu'elle connaissait déjà la réponse à cette question. N'est-ce pas ?

Et si elle ne se trompait pas, elle n'avait que deux choix : s'enfuir ou obtenir de l'aide.

Elle songea à ce qu'un nouveau départ impliquerait. La logistique pour trouver un endroit sûr où se cacher. La solitude, loin de ses amis. La perte de son emploi. Elle n'aurait plus rien, sauf ses pensées sinistres. Et bien sûr, l'argent de son père.

Un frisson la traversa et elle sut ce qu'elle devait faire.

Tournant les talons, elle rebroussa chemin le long de la 6ᵉ Rue, à pas lents, jusqu'au *Fix*.

DEUX

Taylor s'arrêta à l'extérieur du *Fix*, toujours indécise. Quel choix avait-elle ? Elle pouvait s'enfuir ou demander de l'aide. Et...

— Taylor !

Elle se retourna pour voir Megan Clark derrière elle. Artiste-maquilleuse, Megan avait récemment commencé à travailler au *Fix* pour gagner un peu plus d'argent. Ce qui rappela à Taylor qu'elle pourrait certainement faire de même si l'était de son compte bancaire le nécessitait.

— Pourquoi tu n'es pas là-dedans ? Tu ne travailles pas aujourd'hui ? demanda Megan.

— Mina me remplace. Je ne me sens pas bien, alors Jenna m'a renvoyée chez moi, mais je dois vraiment parler à Brent. Je me suis dit que je ferais mieux d'aller le chercher avant de prendre une grosse dose de sirop contre la toux et de me mettre au lit.

Dès qu'elle eut terminé sa phrase, elle la regretta. Megan voudrait savoir ce qui était si important pour que Taylor doive aller voir Brent. Non qu'elle soit fondamentalement curieuse, mais elles étaient devenues de bonnes amies. Et les bonnes amies se parlent.

Elle s'éclaircit la gorge, puis elle enchaîna avant que Megan puisse répondre :

— On va courir ce week-end ?

Megan, Mina et Taylor avaient commencé à s'entraîner ensemble sur des parcours de cinq kilomètres avec pour but ultime de faire la course de dix kilomètres du Capitole, l'an prochain. Un but qu'elles n'atteindraient certainement pas, puisque chacune de leurs sessions se terminait par de longs petits-déjeuners après quelques foulées.

Un couple les contourna, puis ouvrit la porte.

— On bloque le passage.

Megan remonta ses lunettes en forme d'yeux de chat sur l'arête de son nez, puis attrapa la porte avant qu'elle se referme sur le couple.

— Oui, répondit-elle en la tenant ouverte pour Taylor. On va courir, évidemment. Ensuite, on testera ce nouveau restau. On m'a dit qu'ils font des petits-déjeuners tex-mex fabuleux. Il faut qu'on aille voir ça.

Taylor réprima un sourire, amusée que la conversation suive le cours de ses pensées.

— Ça me va, répondit-elle avant de se glisser à l'intérieur.

Elle fut immédiatement entourée par le bruit. Le vacarme familier et constant d'un bar bondé, plein de clients insouciants venus prendre du bon temps.

— Je vais aller rejoindre Parker, lui dit Megan en faisant référence à son petit-ami super-sexy. On avait rendez-vous il y a cinq minutes. Oh ! Voilà Brent.

Taylor suivit le doigt de Megan vers l'arrière, lançant à son amie qu'elle la rejoindrait plus tard. Elle se fraya ensuite un chemin dans la foule jusqu'à atteindre Brent, en compagnie de Tyree et Reece. *Super*. Et elle qui voulait faire profil bas.

— Je pensais que Jenna t'avait renvoyée à la maison, l'interpella Reece quand Taylor approcha.

— Oui, elle l'a fait. Mais j'ai voulu revenir.

Taylor les regarda tous les trois, cherchant le courage de prendre Brent à part pour lui raconter tous ses malheurs. Elle savait qu'elle devait le faire et que le plus tôt serait le mieux. Elle se sentait déjà plus sereine en présence du trio.

Et pourquoi pas ? Elle était submergée par une mer de testostérone. Elle savait très bien que n'importe lequel de ces trois hommes l'aiderait et la protégerait si elle en avait besoin. Ils étaient comme ça. Reece, le gérant du bar, avec son corps parfait couvert de tatouages intriqués, au crâne rasé et à la barbe parfaitement entretenue. Tyree, le propriétaire initial et fondateur du *Fix*, qui ressemblait un peu à un grizzly, et qui respirait la force et la patience. Enfin Brent, un ancien policier et père célibataire qui assurait la sécurité du bar. Il était le seul des trois à ne pas avoir été sacré Homme du Mois, car il refusait constamment de s'inscrire au concours. Jenna le harcelait toujours pour qu'il participe, et récemment Megan s'était jointe à elle.

Taylor se disait qu'elles finiraient par gagner cette bataille tôt ou tard, et ce jour-là, Brent gagnerait le concours. Il avait une allure que les agents de casting à Hollywood qualifiaient de *leader né*. Le mieux dans tout cela, c'était qu'il ne semblait pas le réaliser. Il se concentrait sur son travail, sa fille et ses amis.

Aujourd'hui, Taylor espérait réellement faire partie de la dernière catégorie, parce qu'elle était revenue précisément pour son aide.

— ... d'accord ?

Elle secoua la tête pour s'éclaircir les idées et se rendit compte qu'elle n'avait entendu que la moitié de ce qu'avait dit Reece.

— Je suis désolée. Qu'est-ce que tu as dit ?

— J'ai dit : dépêche-toi, prends ce que tu es venue chercher et va-t'en. Crois-moi.

— Il veut dire que Jenna est en mode mère poule, précisa Brent en gloussant. Si elle t'a envoyée chez toi, elle veut que tu y restes.

— Compris, dit Taylor. Est-ce que je peux te parler avant ?

Les yeux couleur whisky de Brent s'agrandirent.

— Oui, bien sûr, mais le concours...

— Je sais, dit-elle, mais c'est important. C'est, hmm, un truc sur la sécurité.

En entendant cela, il changea de posture pour passer de décontracté à professionnel.

— Nous pouvons parler dans le bureau de

Tyree. Je vous rejoins plus tard, les gars, ajouta-t-il aux deux autres.

Au grand soulagement de Taylor, ils ne posèrent pas la moindre question.

Dès qu'elle eut franchi le pas de la porte, elle la referma derrière elle. Brent le remarqua, mais ne dit rien, se contentant de faire un signe de tête en direction de la chaise des invités devant le bureau. Elle s'assit, s'attendant à ce qu'il prenne place dans le fauteuil de Tyree. Il préféra s'appuyer contre le bureau, les sourcils froncés par l'inquiétude.

— Alors, qu'est-ce qui se passe ?

— Ce n'est pas à propos du *Fix*, commença-t-elle rapidement. Je suis désolée si tu as pensé qu'il y avait une urgence pour le travail. Ce n'est pas le cas. Ou du moins, pas que je sache.

Elle voulait tout raconter, mais ça partait dans tous les sens. Pourquoi était-ce si difficile ?

Enfin, c'était une question ridicule, elle le savait très bien. Parce qu'elle était autonome depuis si longtemps que demander de l'aide lui donnait l'impression de briser un pacte secret qu'elle avait passé avec elle-même depuis plusieurs années. En un sens, c'était presque le cas. Les choses avaient pourtant changé, d'autant plus qu'elle aimait sa vie. Et merde, elle n'allait pas céder sans se battre.

— Ça peut être plus facile si tu fermes les yeux, lui suggéra doucement Brent.

Un petit rire franchit ses lèvres.

— C'est ce que tu dis à Faith ? demanda-t-elle en pensant à sa fillette de cinq ans.

— Parfois. Ça marche.

Elle secoua la tête.

— Je vais bien. J'essaie seulement de voir par où commencer.

— Commence par ce qui t'a amenée ici. Ensuite, reviens en arrière.

— Je me fais harceler.

Voilà. Elle l'avait dit.

Devant elle, le visage de Brent resta exactement le même et elle se dit qu'il devait être un très bon policier s'il était capable de rester assis devant un témoin ou un suspect sans réagir.

— Tu en es sûre ?

Elle acquiesça.

— Dis-moi ce qu'il s'est passé.

Elle lui donna la note froissée qu'elle avait jetée dans la besace en cuir qu'elle utilisait comme sac à main.

— Quelqu'un a laissé ça au bar. Cam l'a

trouvé hier et il me l'a donné il y a quelques minutes.

Il prit prudemment la note, puis passa de l'autre côté du bureau pour la déplier en prenant un mouchoir afin d'éviter que ses doigts ne la touchent directement.

Elle grimaça.

— Je n'ai pas pensé que je pourrais détruire des empreintes. J'ai laissé l'enveloppe sur le bar. Elle est certainement enterrée sous une montagne de serviettes en papier.

— Je doute qu'il y ait des empreintes, de toute façon, mais je préfère être prudent.

Il continua ce qu'il faisait, puis il fronça les sourcils quand il vit le message.

— *Tu m'appartiens*, lut-il avant de lever les yeux. Est-ce que tu sais qui l'a envoyé ?

— Peut-être, lui indiqua-t-elle.

Elle lui expliqua le précédent message, avec une citation de *Sweeney Todd*, précisant que celui qu'il tenait pourrait être une référence au *Fantôme de l'Opéra*.

— Il y a un mec dans mon département, à la fac, qui m'a demandé de sortir avec lui, mais je ne pense pas que ce soit le genre de gars qui prendrait des photos de moi et me jetterait des briques.

Elle frissonna en pensant à nouveau à ce qui aurait pu arriver à Jenna. Elle avait perdu le contrôle de la voiture, et heureusement les dégâts étaient mineurs. De la tôle froissée, mais rien qui n'affecte le fonctionnement du véhicule. Taylor pouvait survivre avec une Corolla cabossée.

— Parle-moi de la photo.

Obéissante, elle lui donna son téléphone ouvert sur le message.

— Tu portes un t-shirt du *Fantôme*. Tu as peut-être raison pour l'étudiant.

— Peut-être.

Elle l'espérait. Un Reggie effrayant restait toujours moins sinistre que l'alternative.

— Je ne sais pas. Il est si... doux, finit-elle sans conviction.

— Il faut se méfier de l'eau qui dort. Et s'il y a des tendances psychotiques... on ne sait jamais de quoi il pourrait être capable.

Elle hocha la tête, à la fois engourdie et étrangement rassurée. Elle faisait quelque chose, et rien que ça, ça lui faisait du bien.

— Alors tu penses que cela ne lui correspond pas d'avoir jeté la brique ?

— Je ne suis pas certaine qu'il l'ait fait.
Trois autres voitures ont eu des fenêtres
brisées par des briques cette semaine. La
police a regardé les vidéos des caméras des
environs, mais pour le moment, ils n'ont pas
d'indices.

— Vraiment ?

Elle s'adossa dans sa chaise, soulagée que la
probabilité que son passé revienne la hanter
s'éloigne petit à petit. Cela dit, elle n'était pas
franchement ravie de se faire harceler dans le
présent.

— Que devrais-je faire ?

— Déjà, tu ne restes pas chez toi ce soir. Pas
avant d'avoir un système de sécurité digne de
ce nom.

Elle hocha la tête en se demandant combien
cela allait encore lui coûter.

— Et je vais parler à Landon.

En entendant ce nom, Taylor sentit un sentiment chaud et rassurant la traverser. Elle ne
connaissait pas bien Landon, mais elle lui faisait
confiance. C'était un bel homme à la peau noire,
aux yeux doux, au crâne rasé de près, avec une
barbe et des lèvres charnues. Elle l'avait
remarqué pour la première fois quand elle lui

était littéralement tombée sur lui à l'entrée
du *Fix*.

C'était un moment horriblement gênant...
elle était si maladroite. Si la sensation de ses
muscles fermes lui avait fait un certain effet, elle
avait mis ce souvenir de côté. Jusqu'à ce qu'il
attire à nouveau son attention. Il était au *Fix* avec
Derek Winston, héritier de la chaîne d'hôtels
également participant au concours de
Mister Juillet, ce soir.

*Encore une fois, on ne pouvait pas vraiment
dire qu'il avait attiré son attention. Plus que ça,
il l'avait captivée par son regard chaud et
intense.*

Ce soir-là, Landon et Derek étaient assis au
bar et elle était avec Mina et Megan, quelques
mètres plus loin, à l'une des tables près de la
fenêtre. Il s'était tourné et leurs regards s'étaient
croisés. Aussitôt, *zip*, Taylor avait senti le choc de
ses yeux la parcourir, la réchauffant de la tête aux
pieds et jusque dans les recoins les plus intimes
de son anatomie.

Ils n'avaient pas prononcé un mot, mais
c'était à cet instant que Landon était devenu son
crush inavouable et son fantasme préféré au lit,
avec ses fesses parfaites et ses épaules larges. Elle

recensait toutes les merveilles que sa bouche déli-
cieuse pourrait lui faire.

Brusquement, toute l'étendue de ce que lui
proposait Brent la saisit.

— Je ne peux pas, lâcha-t-elle. Je ne veux pas
aller voir la police.

Brent fronça les sourcils. Toute personne
saine d'esprit serait heureuse d'aller voir la police.
Toutefois, ce n'était pas le cas de Taylor.

— Il est en congé, en fait. Pour trois semaines.
Il devait les poser, sinon il allait les perdre. Il en
profite pour travailler sur sa maison.

— Oh, c'est seulement...

Il se rapprocha, se plaçant juste devant elle,
les yeux dans les yeux.

— Je sais que l'idée d'aller voir la police rend
les gens nerveux, alors je vais passer là-dessus
avec la mise en garde qu'il faudra faire un
rapport s'il se passe autre chose. Et avec l'avertissement que tu devras laisser Landon t'aider.

— Tu ne peux pas le faire ?

Il secoua la tête.

— J'ai trop à gérer en ce moment. Landon fait
de la peinture et retape son parquet, mais il n'est
pas pressé.

— Ça prend quand même du temps. Et je

doute qu'il veuille jouer les détectives alors qu'il prend des vacances pour s'éloigner précisément de ce genre de boulot.

Elle devait se taire, elle le savait. Il n'y avait aucune raison de rejeter l'aide de Landon, et la raison pour laquelle elle hésitait, c'était qu'elle était attirée par lui.

Brent esquissa un sourire.

— Il voudra t'aider. J'en suis certain. Et, après tout, tu pourras peut-être l'aider à repeindre sa maison.

Elle inspira, puis expira doucement.

— D'accord. Ça me va. Merci.

Il hocha la tête.

— Je vais l'appeler tout à l'heure. En attendant, tu peux rester chez moi ce soir.

— Oh, non, répondit-elle en secouant la tête avec véhémence. Tout ira bien, mais s'il se passait quelque chose, avec la petite Faith qui sera là.

Elle croisa son regard.

— Non. Merci, mais pas question.

Pendant un moment, il ne fit que soutenir son regard.

— Est-ce qu'il y a quelque chose que tu ne m'as pas dit ?

Un frisson la parcourut.

— Non, mentit-elle. C'est seulement... c'est une petite fille et je me sentirais horriblement mal si...

Elle ne termina pas sa phrase et il hocha la tête.

— Très bien, dit-il. Alors, nous allons te prendre une chambre au Winston. Puisque Derek est sur le point de se pavaner sur la scène, je vais demander à Reece de faire la réservation et je le dirai à Derek dès qu'il aura terminé le concours. Il peut donner des instructions à la sécurité de l'hôtel en leur demandant de garder un œil sur ta chambre. Juste au cas où.

— D'accord.

Elle se força à ne pas penser à tous ces dollars en moins.

— Et Landon ? Je veux dire, l'inspecteur Ware ?

— Je pense que tu peux dire Landon. Je vais lui parler et lui expliquer la situation. Je lui demanderai d'aller te voir demain matin. J'enverrai Mina plus tard pour te tenir compagnie. D'accord ?

Elle acquiesça et vérifia son téléphone, puis elle confirma avec lui qu'il avait bien son numéro.

— Tu es prête ? On peut aller chercher Reece pour t'installer.

Pendant un instant, elle hésita. Elle n'aimait pas être un fardeau. Plus que cela, elle n'aimait pas être observée à la loupe. Trop de secrets pourraient rejaillir.

Cependant, elle n'aimait pas non plus l'idée de finir morte. Ou pire.

— Oui, dit-elle. Je suis prête.

TROIS

— Salut, Ware !

La voix de Matthew Herrington résonna dans la salle de sport vide où le détective Landon Ware menait la vie dure à un sac de frappe, puisqu'il ne pouvait pas tabasser Terrance Weems, salopard que Landon avait fait enfermer un an plus tôt et que le système venait de libérer sur parole. La première chose qu'avait faite Terrance en rentrant chez lui, c'était de casser les dents de son ex-femme.

Il était de retour en prison et il ferait certainement son temps, mais bon sang, Landon s'était démené pour mettre ce connard derrière les barreaux. Afin de protéger la pauvre femme sur laquelle Weems s'était acharné pendant des années. Une décision bureaucratique avait détruit tous ses efforts.

Il aimait son travail. Mais parfois, le système faisait vraiment n'importe quoi.

— Ton téléphone sonne. Apparemment, c'est Brent Sinclair. Est-ce que tu veux que je réponde ?

— Laisse la messagerie.

Il verrait Brent bien assez vite. Ce soir, l'ami de Landon, Derek, concourait pour être l'Homme du Mois au *Fix*, à quelques pâtés de maisons de la salle de sport Herrington. Voilà ce qui arrivait quand on tombait amoureux. La petite amie de Derek était Amanda, dont la meilleure amie organisait le concours. Quand l'un des concurrents avait abandonné à la dernière minute, elle s'était tournée vers Derek.

Landon présumait qu'Amanda l'avait encouragé à le faire et qu'elle serait certainement au premier rang, à crier le plus fort quand il retirerait sa chemise. Ils formaient un beau couple, Landon devait bien le reconnaître. Chose assez rare, d'après son expérience. Il espérait que son ami appréciait ce qu'il avait.

Il fallait l'avouer, Derek était fou amoureux d'Amanda depuis un moment et le fait qu'elle ait décidé de vraiment s'engager l'avait mis sur un petit nuage permanent.

C'était la raison, bien sûr, qui avait poussé Derek à accepter de participer au concours, et par ricochet, la raison pour laquelle Landon se rendait au *Fix* ensuite, afin d'assister à l'abjecte humiliation de son ami. Ou plutôt, c'était là qu'il irait une fois qu'il aurait suffisamment laissé libre cours à sa mauvaise humeur pour être d'une compagnie correcte.

Il continua pendant une dizaine de minutes. Quand il s'arrêta enfin, ses bras lui semblaient aussi mous que des spaghettis.

— Ce n'est pas un mauvais entraînement, lui dit Matthew. C'est une bonne chose que j'investisse seulement dans du matériel de qualité. Je suis presque sûr que tu n'aurais pas été loin de détruire un autre sac.

Matthew n'avait pas tort, mais il y avait de l'humour dans sa voix.

— J'imaginais un visage en particulier, admit Landon.

— Tu as eu une dure journée au travail ?

— C'est peu dirc, répondit Landon. Surtout quand on sait que je suis en vacances.

— Est-ce que ça t'a aidé ? demanda Matt,

faisant un signe de tête en direction du sac de frappe.

Landon essaya de sourire, mais il parvint seulement à en faire l'esquisse.

— Je suppose. Au moins un peu.

— Alors, je suis heureux de t'avoir rendu service. Tu vas au *Fix* ?

Landon hocha la tête.

— Dès que j'ai pris ma douche. Et toi ?

— Je ne devrais pas, mais oui.

— Tu ne devrais pas ? Pourquoi ? Je sais que tu n'abandonnes pas le whisky. Selma te déshonorerait sinon.

Landon s'essuya le visage avec l'une des serviettes fraîches que Matthew gardait dans trois petits réfrigérateurs disposés autour de la salle. Il jetait maintenant un œil en direction de son ami.

Matthew et Landon s'étaient rencontrés au collège, où leur jeu préféré consistait à pourchasser et traquer Selma, la sœur excentrique de Matthew, qui gérait aujourd'hui une distillerie à la réputation nationale.

— Non, ça n'a rien à voir. C'est seulement qu'il y a cette femme, là-bas, parfois. Cette avocate, et elle, enfin, ce n'est pas grave... dit-il sans terminer sa phrase, avec un haussement d'épaules qui fit soupirer Landon.

Il envisagea de se lancer dans un discours sur le fait que Matthew devait arrêter de se mettre des barrières parce qu'il avait abandonné le lycée. Il avait ouvert une chaîne de salles de sport à succès, il avait un compte bancaire bien garni et c'était sincèrement un bon gars. Une femme qui ne le verrait pas serait une idiote.

Matthew ne manquait pourtant pas de compagnie féminine. En tant que propriétaire de salles de sport, c'était son travail de rester en forme et Landon avait remarqué qu'il avait presque toujours une femme à son bras. On pouvait supposer que c'était la même chose dans son lit. Cela ne semblait pas suffisant pour guérir son manque de confiance en lui. Le plus déplorable, c'était que Matthew voulait vraiment une relation. Il voulait se réveiller auprès d'une femme et aller au lit avec elle tous les jours. Une amoureuse. Une amie.

Une conjointe.

Landon n'avait pas le courage de dire à son ami que ce qu'il cherchait était un véritable fantasme. *Pour le meilleur et pour le pire,* c'étaient des bêtises, à l'exception de quelques

chanceux. Pour lui, Derek et Amanda faisaient
partie de cette catégorie. Il l'espérait en tout cas.
Cependant, les probabilités étaient élevées que
Matthew ne puisse jamais vivre cela.

Dieu sait que Landon avait tenté sa chance,
pour prendre le revers en plein visage.

Déterminé à ne pas saper le moral de son
ami, il se força à chasser Vanessa de sa tête.

— Laisse-moi prendre une douche et on ira
ensemble. Tu as quelqu'un pour rester à
l'accueil ?

Matthew secoua la tête.

— J'ai changé les horaires. Seuls les membres
gold peuvent venir après dix-neuf heures. À cette
heure-là, la foule d'après le travail est passée et
toutes les personnes ayant le statut *gold* ont une
clé pour entrer.

Landon hocha la tête, puis il se dirigea vers le
vestiaire. La salle de sport Herrington de Lavaca
était l'une des six salles de la zone métropolitaine
d'Austin, et Matthew était en pourparlers avec
un avocat pour franchiser son entreprise. Landon
espérait que cela fonctionnerait, car d'après ce
qu'il voyait, Matthew faisait de beaux bénéfices.
De toute évidence, il y avait beaucoup de

personnes prêtes à payer pour transpirer et il en faisait partie.

Quinze minutes plus tard, la transpiration avait été nettoyée. Il était propre et habillé, avec un jean, des rangers, et un t-shirt de la Police d'Austin. Le trajet à pied jusqu'au *Fix* n'était pas long, seulement quelques rues au nord sur Congress et quelques rues à l'est sur la 6e Rue, et ils arrivèrent avec quinze minutes d'avance, pour constater qu'il n'y avait plus de places assises à l'intérieur.

Ils se séparèrent, Landon cherchant Brent et Matthew essayant de se dénicher une chaise libre, soi-disant, même si Landon était presque certain que son véritable objectif était de partir en reconnaissance dans l'espoir de trouver l'avocate qui l'intéressait. De son côté, il trouva Brent à l'arrière, en train de faire la morale à un jeune gringalet qui, apparemment, avait essayé d'acheter du whisky avec une fausse carte d'identité.

Dès que le jeune déguerpit vers la sortie, Landon croisa le regard de Brent. Son ami secoua la tête, mi-amusé, mi-exaspéré.

— Les gosses, dit Brent.

— Tu as un travail difficile ici, répondit

Landon. Tu es sûr que tu ne veux pas réintégrer la police ?

— Ne fais pas l'insolent, lui lança Brent. Tu sais très bien que ça me manque. Tu sais aussi pourquoi je suis parti.

— Désolé, tu as raison, répondit Landon, qui se sentait réprimandé. Je ne suis pas sympa. J'ai eu une journée difficile.

Après tout, il savait pourquoi Brent avait quitté le département depuis presque six ans, alors même qu'il venait d'être promu lieutenant. Non seulement ça, mais il savait aussi combien Brent aimait réellement son métier, le *Fix* et les personnes avec qui il travaillait.

— Toi, viens bosser avec moi, suggéra Brent. Tu viens de voir combien mon monde était difficile ces derniers temps, mais au moins, je sais que ma petite fille a un parent qui rentre à la maison tous les soirs.

Il écarta les bras.

Puisque les dangers inhérents au travail rappelaient inévitablement à Landon les raisons du départ de Vanessa, il revint au sujet qui l'amenait.

— J'ai vu que tu avais appelé. Tu voulais savoir si je venais ?

— Bien sûr. Tu ne sais pas que c'est ma mission, dans la vie, de t'avoir à l'œil ?

Landon secoua la tête.

— Très drôle.

— Non, en fait, j'ai besoin d'un service.

— Tout ce que tu voudras, tu le sais bien.

Pendant qu'ils parlaient, la musique maintenant familière de l'Homme du Mois emplit le bar et les projecteurs furent braqués sur Beverly Martin, une star montante de films indépendants, maîtresse de cérémonie pour le concours, qui montait les marches. Presque par réflexe, Landon tendit le cou pour regarder – non pas Beverly, mais celle qui s'occupait des lumières en coulisses. Il s'attendait à voir Taylor. Il *voulait* la voir.

Mais c'était Mina, à sa place.

Avant de pouvoir se retenir, il se retourna à nouveau vers Brent et demanda :

— Où est Taylor ?

Peut-être était-ce le fruit de son imagination, mais il crut bien voir une lueur d'amusement sur le visage de Brent.

— C'est ça, le service.

Taylor.

Quelqu'un harcelait Taylor.

Grand Dieu, si ce connard posait un doigt sur elle, Landon lui referait le portrait pour lui apprendre une nouvelle définition de la douleur.

Il inspira, essayant de reprendre son calme.

Merde.

Tant pis, le *calme* était un état un peu trop difficile à atteindre. Il devait se contrôler, prendre de lentes et profondes inspirations. Son esprit allait toujours à toute allure, mais son corps était détendu. Le calme avant la tempête, peut-être. Au moins, c'était une forme de calme.

Les deux hommes allèrent dans le bureau de Tyree. En chemin, Landon repassait les grandes lignes de leur conversation dans sa tête, faisant appel à toute sa concentration pour garder le contrôle. D'autant plus que la seule chose qu'il avait envie de faire, c'était de donner un coup de poing dans un mur. Ou mieux, à travers la tête de l'étudiant qui la harcelait.

En présumant que ce soit bien ce connard d'étudiant.

— Que sais-tu d'autre sur ce jeune ? Est-ce que nous avons un nom ?

— *Nous*, non, mais si tu veux t'impliquer et

garder un œil sur elle, je suis sûr que tu pourrais la convaincre de te le dire.

— Je veux savoir s'il a un casier. Si quelqu'un à la fac a porté plainte pour harcèlement. Parler à quelques-uns de ses camarades de classe. Voir si quelqu'un a eu un pressentiment.

— Ce qui veut dire que tu vas le faire, déclara Brent.

— Oui, répondit immédiatement Landon. Je vais le faire.

Pour être franc, il connaissait à peine Taylor, mais il avait cette femme dans la peau. Il l'avait vue pour la première fois quand elle l'avait percuté sur le trottoir devant le *Fix*. Il en sortait et elle courait pour arriver à l'heure. Son corps s'était retrouvé contre le sien quelques secondes, et dans ce court intervalle, il avait presque vu le paradis.

Elle avait marmonné des excuses troublées et avait disparu à l'intérieur, le laissant avec ses fantasmes.

Quelques semaines plus tard, il était venu au *Fix* pour regarder le concours de l'Homme du Mois. Brent lui avait expliqué leur idée et sa curiosité avait été piquée.

Il ne l'avait pas regretté. Non qu'il se soucie

des hommes qui se pavanaient sur la scène, mais il s'était assis au bar, d'où sa vue était partielle bloquée par cette jeune femme. Il avait pu la regarder plus en détail, cette fois-là. Une femme aux cheveux foncés coiffés en queue de cheval, avec le genre de taille fine qui donnait envie de s'y agripper, et les plus grands yeux qu'il ait jamais vus.

Mais c'était son visage qui l'avait renversé. Joli, mais pas classique. Sa bouche était un peu trop grande, son nez pas assez droit, son menton un peu excentré. Pourtant ces yeux brillants... Ils pouvaient illuminer une pièce.

D'après Landon, c'était le visage le plus intéressant qu'il ait jamais vu, associé à un corps qui faisait surgir des pensées de nature à lui dessécher la bouche. Elle se penchait sur un escabeau tout en maniant les lumières, et il avait une vue séduisante de ses cuisses, longues et minces, capables sans aucun doute d'enserrer un homme.

Il avait perdu tout intérêt pour le concours à ce moment-là et il avait passé tout son temps à regarder la fille. Son beau petit derrière qui se mouvait dans son jean. Le sourire qui illuminait son visage quand elle saluait une amie.

Bonté divine, il l'avait vraiment dans la peau.

Il avait assisté à tous les concours depuis lors.
Parfois, en restant assis à l'arrière de manière
anonyme. D'autres fois, en parlant avec Brent ou
Derek. À plus d'une occasion, il avait pu croiser
son regard et il avait senti des étincelles
entre eux.

Il avait appris son nom, bien sûr, et ils avaient
parlé à quelques reprises, sa voix si mélodieuse
qu'elle lui donnait envie de courir vers la salle de
sport Herrington pour prendre une douche
froide.

Elle lui avait dit qu'elle était étudiante en
dernière année du département de théâtre et
que Jenna l'avait engagée en tant que régisseuse. Chaque fois qu'il était venu voir le
concours, il s'attendait à ce qu'elle soit moins
attirante, qu'à force de la regarder, il ne voie
plus qu'une jolie femme blanche. Pas quelqu'un
capable d'embraser son corps par un simple
regard.

Pourtant, cette réaction ne s'était jamais
estompée. Si elle se modifiait, c'était au contraire
pour devenir plus forte.

Il savait que cela ne voulait rien dire, bien
sûr. Il n'y avait eu qu'une autre femme dans sa
vie qui lui avait donné ce type de réaction immé-

diate, *Vanessa*. Et Dieu sait que ça ne s'était pas bien terminé.

En plus de cela, Taylor était plus jeune que lui d'au moins dix ans, ce qui était beaucoup trop pour Landon.

Elle était hors de portée. Il n'y avait pas deux façons de le dire.

Pourtant, il n'arrivait pas à rester à l'écart. Surtout pas maintenant qu'il savait que quelqu'un la harcelait.

Au contraire, il allait faire le pot de colle.

Il la protégerait.

C'était tout ce qu'il *pouvait* faire et il se disait que ce serait suffisant pour elle.

Même s'il était certain que ça ne le serait pas pour lui.

Il changea de position sur sa chaise.

— Où est-elle ? demanda-t-il.

— Je l'ai envoyée au Winston, l'informa Brent. J'ai parlé à Derek avant le concours et il a appelé son équipe de sécurité. Ils vont surveiller la chambre et la réservation est à mon nom.

— Bien.

— J'ai demandé à Mina d'aller là-bas après le concours. Je n'étais pas certain de pouvoir te joindre et je pensais qu'elle aurait besoin d'une amie cette nuit. Je lui ai suggéré de prendre une bouteille de vin, de commander un film et qu'elles passent un bon moment pour oublier cette histoire.

Landon hocha la tête à nouveau.

— Bien aussi.

Il n'avait pas besoin d'y aller ce soir. Mieux valait lui laisser la possibilité de se reposer. De rassembler ses pensées. Lui laisser une dernière nuit avant qu'un policier ne devienne son ombre.

Ce serait définitivement mieux pour elle s'il passait la voir à la première heure demain matin.

Le pire, dans tout ça, c'était que Landon ne voulait pas attendre.

QUATRE

Pour Taylor, l'Hôtel Winston était le meilleur de tous. La chambre était de taille modeste, elle comportait un grand lit, un petit canapé et un meuble muni de tiroirs contre le mur faisant office de bureau, mais il y avait une télévision avec un accès à internet, une salle de bain avec une douche à vapeur et une grande baignoire merveilleuse.

Le paradis.

Le directeur s'était excusé de ne pas en avoir de plus grande pour « l'invitée de M. Winston » et il avait poursuivi en expliquant à Reece et elle que l'hôtel était presque plein et qu'elle avait la toute dernière disponible.

Elle avait hoché la tête en souriant et lui avait

dit que cela ne la dérangeait pas, mais il avait continué à se répandre en excuses tout en les menant à la chambre. Il les y avait conduits personnellement, puis leur avait montré les équipements, dont un petit réfrigérateur discret, une cafetière et un peignoir. Puisqu'il avait compris que c'était un séjour inattendu, il lui avait aussi donné un petit sac au logo de l'Hôtel Winston avec une brosse à dents, un rasoir, du déodorant, une brosse à cheveux, une barre chocolatée, un chargeur pour son téléphone et un t-shirt de l'hôtel.

En prenant en considération qu'elle était harcelée par un dingue, c'était très attentionné.

Pour la chambre, elle se moquait de sa superficie. Ce n'était pas comme si elle allait faire la fête ou demander à des personnes de passer.

Le directeur lui avait laissé sa carte et la promesse que la sécurité passerait régulièrement devant sa chambre, lui rappelant que l'on ne pouvait accéder à cet étage qu'avec une carte d'accès.

— Nous prendrons bien soin de vous, mademoiselle D'Angelo, précisa-t-il avant de partir.

Elle ne savait pas si cela l'aidait, ou renforçait

au contraire le sentiment de marcher avec une cible dans le dos.

Elle pencha pour la seconde option une fois que Reece lui eut dit qu'elle ne devait pas quitter la chambre, avant de lui demander si elle voulait qu'il reste un peu.

Elle lui assura qu'elle allait bien, mais son regard froid et observateur lui avait seulement rappelé qu'elle n'était pas dans un hôtel en vacances, mais parce qu'elle était en détention préventive. Ou ce qui s'en rapprochait le plus, de manière non officielle.

Elle était toutefois déterminée à ne pas y penser, du moins pas tant qu'elle serait dans l'hôtel. Parce qu'à vrai dire, séjourner ici était un petit plaisir exceptionnel et elle avait l'intention d'en profiter. Ce serait encore mieux une fois que Mina serait là. Brent avait dit qu'il l'enverrait pour que Taylor ait de la compagnie, et Reece lui avait rappelé en partant qu'elle devait regarder dans le judas avant d'ouvrir la porte à qui que ce soit.

Maintenant, Taylor avait hâte de regarder une comédie romantique sans prise de tête, de commander une bouteille de vin au service d'étage et de passer deux heures dans le luxe à

profiter, sans penser à tout ce qui n'allait pas dans
sa vie.

Elle passa la première heure après le départ
de Reece à lire une romance sur son téléphone
avant de réaliser que son ventre gargouillait. Elle
jeta un œil au réveil et se rendit compte que
Mina devrait arriver avant une heure, en fonction
du temps qu'elle passerait avec Cam et le reste de
l'équipe après le concours.

Avec un soupir, elle serra son oreiller contre
sa poitrine. Elle aurait voulu être là-bas, elle
aussi, et elle était contrariée qu'un connard l'ef-
fraie au point qu'elle ait peur de son ombre. Le
pire, c'était qu'elle ne pouvait pas s'empêcher de
penser que Brent avait tort et que la brique n'était
pas un fait isolé. Peut-être son harceleur se
servait-il seulement de la situation.

Si la brique lui était vraiment destinée, alors
elle mettait ses amis en danger. L'accident avec
Jenna aurait pu être pire. Si quelqu'un la poursuivait et mettait la vie de ses amis en péril parce
qu'on ne savait pas quand il pourrait dérailler,
n'était-ce pas plus inquiétant ? Il pourrait tout
aussi bien attraper Mina quand elle viendrait ici
pour la forcer à utiliser la clé qui l'attendait à la
réception afin d'avoir un libre accès à l'étage.

Cette pensée fit battre son cœur à tout rompre.

— *Non.*

Reggie en pinçait peut-être pour elle au point d'en perdre ses moyens, mais il n'avait certainement pas craqué à ce point.

N'est-ce pas ?

Ce n'est peut-être pas Reggie.

Cette pensée, en revanche, ne valait pas la peine que l'on s'y attarde. Parce qu'alors, cela resterait dans sa tête et la peur s'infiltrerait comme de l'eau glacée dans ses veines.

Non, *c'était* Reggie. Landon lui ficherait une peur bleue, le département l'expulserait – l'université avait certainement un règlement intérieur – et il s'éclipserait tranquillement chez lui. Dans l'Ohio, pensa-t-elle. N'était-ce pas là qu'il avait dit que ses parents habitaient ?

En attendant, elle était en sécurité dans sa petite grotte à l'Hôtel Winston et elle allait en profiter. Elle s'étira et attrapa le téléphone pour composer le numéro du service de chambre, commandant une quesadilla, des chips, de la salsa et un pichet de margarita. Au diable le vin. Ce soir, elle méritait bien quelque chose de plus fort.

Pendant qu'elle patientait, elle retira son pantalon et le t-shirt qu'elle avait portés toute la journée et elle se pelotonna dans le peignoir de l'hôtel. Il était doux et moelleux, et elle profita de son parfum fraîchement lavé avec une touche de lavande. Elle se brossa les cheveux, essaya la crème hydratante sur le plan de travail de la salle de bain, puis elle huma le shampoing et le revitalisant. Des produits de qualité.

Dès qu'elle sortit de la pièce, elle entendit des coups contre la porte. Elle sursauta avant de se rappeler que c'était certainement sa commande, une conclusion qui fut rapidement confirmée par la voix grave annonçant : « Service d'étage », quelques secondes plus tard. Elle regarda par le judas, vit un homme avec un plateau et ouvrit la porte.

— Bonsoir, mademoiselle D'Angelo, dit-il. Où aimeriez-vous que je vous dépose ceci ?

— Sur le bureau, ça sera parfait, répondit-elle en se tournant pour montrer la table. Mon amie et moi allons regarder des films.

Quand elle se retourna pour refermer la porte, elle ravala un cri.

Landon.

Le soulagement l'envahit, et sans réfléchir,

elle tendit la main pour le repousser, sa paume contre son torse.

— Bon sang, vous m'avez fait une peur bleue.

Sa main se referma sur la sienne, la maintenant en place. Elle pouvait sentir la chaleur de son corps à travers son t-shirt du département de police, sans mentionner la fermeté de ses pectoraux. Elle sentit plus que cela, aussi. Une tension sexuelle, un frisson séducteur, une conscience à fleur de peau. Elle ne savait pas comment qualifier cette impression. Tout ce qu'elle savait, c'était que ça l'avait envahie, lui coupant le souffle et la laissant espérer qu'il continuerait de serrer sa main contre son torse pour toujours.

Oh ! Mon Dieu.

D'un geste brusque, elle se dégagea, rompant le sortilège, en dépit de quelques picotements résiduels. Ses seins lui paraissaient plus sensibles. Elle était aussi très consciente de l'intérieur de ses cuisses et de ce qui s'y trouvait. En plus, elle se rendait compte qu'elle était nue sous le peignoir.

Pendant un instant, ils se regardèrent simplement et elle crut pouvoir se noyer dans ses yeux couleur chocolat. Ce n'était pas une mauvaise mort...

Puis, il fit un autre pas vers elle, et tous les poils de son corps se hérissèrent en attendant qu'il la touche à nouveau. Mais il faisait seulement un pas sur le côté pour laisser sortir l'employé du service d'étage.

— Passez une bonne soirée, leur dit-il.

Les mots de l'homme restèrent en suspens dans les airs une fois que la porte se fut refermée derrière lui.

— Land... commença-t-elle.

Au même moment, il l'interrompit sèchement :

— Mais à quoi vous jouez, bon sang ?

Les yeux de Taylor s'agrandirent et elle fit un pas en arrière.

— Moi ? Quoi ?

— Vous êtes ici pour des raisons de protection, Taylor, mais vous avez laissé la porte grande ouverte. Vous ne saviez même pas que je passerais.

Ses yeux habituellement doux étaient maintenant sévères, son adorable bouche n'était plus qu'une ligne fine et il était en colère. Elle réagit en se redressant, prête à se battre.

Mais elle le dévisagea attentivement. *Ce n'est*

pas de la colère, comprit-elle. *C'est de l'appré-hension.*

La tension quitta son corps avec un *ouf* presque audible.

— Oh, mon Dieu. Je... Je suis désolée.

Il se détendit immédiatement, lui aussi, puis il passa la main sur son crâne rasé de près.

— Non, je m'excuse. Je n'aurais pas dû crier. Mais enfin, j'aimerais croire que vous serez en sécurité même quand je ne serai pas là pour veiller sur vous.

Elle se détourna, s'éloignant dans la chambre pour cacher le sourire qui dansait sur ses lèvres.

— J'en déduis que vous avez accepté, malgré la paye de misère et les horaires déplorables.

Il ricana. Quand elle lui fit face à nouveau, il était juste là, il l'avait suivie. Ses pas étaient légers pour un homme aussi costaud. Taylor mesurait un mètre soixante-quinze, ce qui était plutôt grand pour une femme, mais elle devait toujours lever les yeux pour regarder dans les siens. Même si, pour être honnête, elle ne le devrait pas. Il avait les yeux les plus sexy qu'elle ait vus de toute sa vie. *Un regard de braise.*

Et ils étaient dans une chambre. Comme c'était intéressant.

Arrête.

— Quoi ?

Elle grimaça en comprenant qu'elle avait parlé à voix haute.

— Je me disais seulement d'arrêter d'être aussi stupide. J'ai suivi des cours de self-défense. Et je suis accro aux romans à suspense. Je ne suis pas aussi tête en l'air. Vous avez tout à fait raison, j'aurais dû fermer la porte. J'étais seulement... éblouie, il faut croire.

— Éblouie ?

Elle leva une épaule, se sentant idiote.

— Cet endroit, admit-elle. Je n'avais jamais séjourné dans un endroit aussi luxueux.

Il regarda la chambre autour de lui. La penderie, le bureau, le canapé. Et, bien sûr, le lit. C'était peut-être son imagination, mais elle eut l'impression que ses yeux s'attardaient sur le lit.

— C'est pas mal, dit-il, mais pas très différent des autres hôtels.

— Difficile à dire, répondit-elle en s'appuyant contre le bureau. C'est la première fois que je dors à l'hôtel.

— Vraiment ?

Elle haussa les épaules, réticente à entrer dans les détails de son passé difficile.

Il l'examinait, la tête penchée comme si elle l'avait surpris. La plupart des personnes de son âge avaient déjà dormi dans un hôtel... Ne serait-ce que pour des vacances à Disneyland. Son étonnement était certainement justifié.

— Alors, vous aurez du temps pour en profiter. Deux jours, je pense. Nous allons faire installer un système de sécurité chez vous, ensuite vous pourrez y retourner. Demain, je vous y accompagnerai pour que vous puissiez prendre des vêtements et vos affaires de toilettes, puis nous irons parler à votre concierge.

Elle hocha la tête, un peu paralysée devant la vitesse à laquelle les choses se déroulaient. C'était rapide, tant mieux, mais elle avait le tournis.

— Comment se fait-il que vous soyez là ? Je vous en suis très reconnaissante, naturellement, mais j'avais cru comprendre que Brent vous enverrait seulement demain. Et encore, je n'en étais même pas sûre.

— Y avait-il vraiment un doute ? Vous pensiez sincèrement que j'allais dire non ?

Il fit un pas vers elle et elle se rendit compte qu'elle était coincée entre lui et le bureau.

— Je...

Son cœur battait à tout rompre dans sa poitrine.

— Je ne sais pas trop. Après tout, vous ne me connaissez pas vraiment.

Il retroussa légèrement les lèvres et riva ses yeux sur les siens.

— Non ? Alors, je suppose que nous pouvons y remédier maintenant. Et pour ce qui est de vous aider, c'est ce que je fais dans la vie, vous avez oublié ?

— Non, évidemment.

Elle en avait le tournis. D'un côté, ses mots suggéraient qu'il était venu exprès pour elle. De l'autre, il parlait d'elle comme si elle n'était qu'un dossier supplémentaire.

Plutôt que de s'appesantir sur la question, elle botta en touche.

— Et pour Mina ? Elle est certainement en chemin maintenant.

— Je lui ai dit que je voulais pouvoir vous parler d'abord. Que vous lui enverrez un message quand nous aurons terminé.

— D'accord, dit Taylor en hochant la tête avant de la pencher. Alors, vous allez prendre ma déposition, inspecteur ?

Il leva un sourcil, l'effleurant du regard. Elle

prit brusquement conscience que ses paroles avaient un petit côté séducteur, et elle ne put s'empêcher de se demander comment il réagirait si elle posait à nouveau la main sur son torse et murmurait : *Vous devriez me fouiller, aussi.*

Arrête.

Il y avait peut-être une attirance mutuelle, mais rien n'était moins sûr. Il était ici dans cette chambre pour l'aider, pas pour la mettre dans son lit. Pour le moment, elle avait plus besoin d'aide que d'un orgasme.

Alors, garde ta libido sous contrôle et contente-toi de suivre le plan.

Avec ces instructions claires dans la tête, elle passa devant lui et s'assit sur le canapé. Elle commença à glisser ses pieds sous ses fesses, mais elle se souvint qu'elle portait un peignoir et elle posa les pieds au sol, les jambes serrées et les mains sur ses genoux.

Elle s'éclaircit la voix.

— D'accord. C'est l'heure de l'interrogatoire. Que voulez-vous savoir ?

Il s'installa sur le bord du lit en face d'elle.

— Tout. Je l'ai entendu de la bouche de Brent. Maintenant, je veux votre version.

— Oui. Bien sûr.

Elle l'avait dit à Reece. Elle ne faisait que parler de ses ennuis. Toutefois, elle lui répéta l'histoire dans son intégralité. Il n'intervint pas, mais il semblait tout assimiler et il hocha la tête tout du long.

— Voilà où nous en sommes, dit-elle en terminant son résumé.

— D'accord. Maintenant, parlez-moi de Reggie.

— Oh.

Elle fronça les sourcils. Elle avait répété l'histoire avec si peu de questions, qu'elle ne s'était pas préparée à aller plus loin.

— Je ne sais pas grand-chose.

— Vous avez dit qu'il avait mis du temps à trouver le courage de vous demander de sortir avec lui, mais que vous lui aviez dit non.

Elle haussa les sourcils.

— Vous me faites passer pour une enfoirée.

— Quoi ? Pour ne pas être sortie avec un gars qui ne vous intéresse pas ? Certainement pas une enfoirée. Vous lui avez rendu service. Sauf si c'est un psychopathe, ajouta-t-il, l'œil amusé. Dans ce cas, vous l'avez seulement poussé à vous harceler.

Elle réprima un rire tout en levant les yeux au plafond. Étrangement, elle se sentait mieux.

Elle ne s'était pas rendu compte à quel point elle était crispée jusqu'à ce que ce petit rire la détende.

Il lui adressa un sourire espiègle, et cette fois, elle ne put s'en empêcher. Elle éclata de rire.

— A-t-il réessayé de vous demander de sortir avec lui ?

Elle secoua la tête.

— Non. C'est tout.

— Et vous l'avez vu avec d'autres filles depuis ?

Elle réfléchit, essayant de le visualiser dans la partie commune près de l'entrée du département d'arts dramatiques.

— Oui, je crois, mais je ne sais pas s'il sortait avec l'une d'entre elles.

— Pouvez-vous me donner son nom complet ?

— Reginald Carter.

Landon tapa quelque chose sur son téléphone, puis il croisa son regard.

— Nous irons lui parler demain, d'accord ? Savez-vous quand il sera sur le campus ?

— Oui, bien sûr. Au cours du docteur Bishop. Je ne suis pas censée l'assister demain, mais nous pouvons y passer.

— Bon. C'est la première étape de notre plan.

Je vais voir ce que je peux trouver sur Reggie en attendant.

Un fil sur le peignoir attira l'attention de Taylor et elle commença à l'entortiller autour de son doigt.

— Est-ce que nous avons une étape deux ?

— Il y a toujours une deuxième étape. Cette fois, elle est concentrée sur vous.

— Sur moi ?

Il hocha la tête.

— Y a-t-il quelqu'un d'autre qui vous vienne à l'esprit ?

Taylor baissa les yeux, constata que le bout de son doigt avait viré au bleu et soupira. Elle voulait garder le silence... Bon Dieu, elle n'avait aucune envie d'inviter ces fantômes dans sa vie, mais en même temps, elle n'était pas idiote.

Et le fantôme était peut-être déjà là.

— Il y a eu un mec. Il s'appelait Beau. Il... Enfin, il craquait pour moi il y a environ huit ans.

Il se pencha en arrière tout en l'examinant.

— Ça fait longtemps. Le gars doit être dangereux si vous y pensez toujours. Ou s'il pense toujours à vous.

Sa bouche devint sèche.

— Très. Il a fait de la prison. Il est... Enfin, ce

n'est pas un mec bien. Et il n'était pas content que je... eh bien, que je ne lui rende pas son affection. Il sait que j'aime les comédies musicales. J'ai toujours adoré ça. Alors, il aurait très bien pu faire ces messages.

— Il est ici, à Austin ?

— Non, c'est le problème. C'était dans l'Arkansas.

— Vous n'avez pas l'accent.

— J'ai bossé dur pour le perdre. J'ai regardé beaucoup de films en essayant de reproduire les voix des acteurs, lui répondit-elle avec un sourire, tout en se laissant porter par le souvenir. J'aime l'idée d'être quelqu'un d'autre.

Il pencha la tête, le visage empreint de douceur.

— À ce point ?

— Je... commença-t-elle en s'humectant les lèvres.

Elle n'avait pas voulu en révéler autant.

— Oui. Oui, on peut le dire.

Lentement, il hocha la tête.

— Moi aussi.

Leurs yeux se rencontrèrent, et pendant un instant, ils furent seuls au monde. Pas une victime et un inspecteur de police. Seulement

Taylor et Landon, et ce point commun qu'ils partageaient.

Elle se secoua et le moment s'évanouit, puis elle se racla la gorge avant de continuer :

— Être à Austin m'a aidée à perdre l'accent. Les gens n'ont pas trop l'accent nasillard du Texas, par ici.

Il eut une brève hésitation, puis il inclina la tête, comme s'il avait compris le changement de ton.

— Je dis *hiiihaa* à ça, ma petite dame.

Elle rit, parfaitement détendue.

Pendant un instant, il la dévisagea.

— Bon, alors ce Beau figure sur la liste. Quel est son nom complet ?

— Beauregard Clement Harkness.

Il vérifia l'orthographe avec elle, puis le nota sur son téléphone. Lorsqu'il releva la tête, son visage exprimait le plus grand sérieux.

— Je voudrais que vous me fassiez une liste de toutes les autres personnes envisageables. Au conditionnel. Je veux que ce soit exhaustif. Vous travaillez dans le théâtre. Vous aimez le théâtre. Il suffit de vous connaître pour le savoir. Ce qui veut dire que n'importe qui aurait pu utiliser les références à cet univers.

— D'accord.

La tâche était difficile et elle n'allait pas la prendre à la légère.

— Ne vous préoccupez pas de les mettre dans un ordre quelconque, mentionna-t-il en se levant du lit. Nous en reparlerons plus tard.

— Vous partez ?

Elle entendit la panique dans sa propre voix et elle regretta de ne pas avoir gardé la bouche fermée. Elle se leva, puis elle poursuivit en espérant que son timbre serait plus posé :

— C'est tout ce dont vous vouliez me parler ?

Il tendit la main et ses doigts se refermèrent sur un pan de son peignoir. Il n'y avait aucune connexion physique, et pourtant elle le sentit. Elle le sentit, *lui*.

— Vous êtes en sécurité pour le moment. Et je dois me mettre au travail. Je dois passer des coups de fil avant d'aller rendre visite à Reggie demain.

— C'est vrai. Bien sûr. Je voulais...

Il relâcha son peignoir, mais il fit un pas de plus.

— Vous voulez que je reste ?

Oui. Oh, mon Dieu, oui, s'il vous plaît.

Elle secoua la tête, effrayée par le potentiel de cette pensée.

— Non, marmonna-t-elle. J'aurai Mina, n'est-ce pas ? On va se faire une bonne soirée entre filles.

— Comme deux étudiantes.

Elle arqua un sourcil.

— Au cas où vous ne le sauriez pas, Mina a terminé les cours. Moi, je suis en dernière année et j'aurai fini à la fin du semestre. Ensuite, l'adulte que vous avez devant vous filera à Los Angeles pour faire sensation à Hollywood. Et si je pouvais éviter d'être le prochain Dalhia Noir, ça m'arrangerait.

— Parce que je vais arrêter ce connard pour vous.

— Exactement.

Il lui tendit la main et elle la serra sans y penser, sans avoir le temps de se préparer pour cette connexion qui la submergea. Ce désir intense, comme une envie sauvage qui s'installait en elle.

— Donnez-moi votre clé.

La voix de Landon lui semblait rauque et elle rougit. Pas à cause de la chaleur dans sa voix, mais parce qu'à l'évidence, elle avait mal compris pourquoi il lui tendait la main.

— Je... Pourquoi ?

— Personne sauf moi n'entre sans un mot de code. C'est bien compris ? Que ce soit le service d'étage, les amis, n'importe qui.

— Un mot de code ?

— Vous le leur donnez au téléphone. Ils vous disent précisément quand ils arrivent.

Elle inspira, puis expira lentement.

— Oh. Alors, vous pensez vraiment que j'ai des ennuis.

Il lui effleura le visage.

— Je ne veux pas prendre de risques avec vous.

CINQ

— Comment ? demanda Mina, rejetant sa tête en arrière pour soupirer de manière théâtrale. Comment se fait-il qu'on ait vidé tout un pichet de margarita ?

Elle se laissa tomber sur le lit et soupira.

— Je vais avoir une de ces gueules de bois demain.

— Moi aussi, renchérit Taylor.

— Mais ça valait le coup, non ?

— Oh, oui.

Elles avaient commencé la soirée avec l'intention de regarder quelque chose d'idiot et d'amusant, un film très *girly*, comme *Mes meilleures amies* ou *Girls trip*. Finalement, elles avaient opté pour *Magic Mike*, parce que Mina avait décrété que c'était dans le thème du concours de l'Homme du Mois que Taylor avait raté ce soir.

— Tu es en train de me dire que j'ai raté un tel niveau de qualité ? plaisanta-t-elle.

— Très drôle. Maintenant, donne-moi la télécommande et les chips.

Des heures plus tard, elles payaient toutes les deux le prix de leur soirée de débauche, et pendant qu'elles s'étiraient dans leur brouillard alcoolisé, Mina soupira, roula de son côté et dit :

— D'accord, maintenant raconte-moi tout.

— Quoi ?

Taylor était presque certaine de savoir, mais elle voulait feindre l'innocence aussi longtemps que possible.

— Ne joue pas à ça. L'inspecteur sexy. Landon. Qu'est-ce qui se passe ?

— Rien, répondit Taylor.

Elle ouvrit les yeux et remarqua que le plafond tournait dans le sens des aiguilles d'une montre.

— Oh, pitié. Je te connais depuis le lycée.

— Seulement depuis la terminale.

Personne ne la connaissait avant cela. Elle

était loin d'Austin à cette époque, et de bien des manières.

Un frisson inattendu la traversa. Une personne la connaissait avant la terminale : *Beau*. Mais il n'était certainement plus là aujourd'hui.

Pitié, faites qu'il ne soit plus là.

Mina poursuivit sans se rendre compte du changement d'humeur de Taylor.

— Que ce soit depuis la terminale ou pas, le fait est que je te connais. Et j'ai vu comment tu le regardais chaque fois qu'il vient au *Fix*.

— Pourquoi voudrais-tu que je ne le regarde pas ? Il est beau.

— Je te l'accorde, avoua Mina, mais comme beaucoup d'autres hommes qui traînent là-bas, et eux, tu ne leur fais pas les yeux doux.

— Je ne fais pas ça !

Vraiment ? Cette possibilité la mortifiait.

— Oui, mais il y a une bonne nouvelle aussi.

Mina pinça les lèvres, manifestement contente d'elle. Elle resterait muette jusqu'à ce que Taylor l'interroge.

— D'accord. J'abandonne. Quelle est la bonne nouvelle ?

Elle changea de position sur le lit, appuyant

son épaule sur celle de Taylor. Quand elle parla, ce ne fut qu'un murmure :

— Je l'ai vu te regarder aussi.

Cette déclaration éveilla des papillons dans le ventre de Taylor.

— Vraiment ?

Elle percevait de l'espoir dans sa voix et elle eut envie de se frapper. Pas uniquement parce qu'elle avait été transparente avec Mina, mais parce qu'elle était ridicule de penser à Landon de cette manière.

Mina hocha la tête, visiblement ravie.

— Aucune importance, dit Taylor en espérant ainsi ancrer cette réalité en elle. Il ne se passera rien.

— C'est possible, chantonna Mina en s'asseyant. Quoi ? Ça serait mal ?

Elle fronça les sourcils en dévisageant Taylor, qui semblait confuse.

— Ce n'est pas comme si tu devais l'épouser, mais au moins voir où ça vous mène…

— Peut-être, répondit Taylor.

Elle aimerait bien.

Elle se demandait si ça pouvait marcher, mais comment ? Il était policier, et elle était… seulement *elle*.

— Je ne suis que...

— Quoi ?

Pas comme les autres filles.

Trop attirée par cet homme.

Effrayée.

— Je n'ai pas trop envie d'en parler.

Elle se saisit de la télécommande et la pointa vers la télévision.

— On a besoin de plus de temps entre filles, dit-elle en passant sur *Girls Trip*. D'accord ?

Au grand soulagement de Taylor, Mina se carra contre son oreiller.

— Oh, que oui. Et d'un autre pichet. Il faut la commencer, cette fête, pas vrai ?

— Complètement, dit Taylor en cherchant son téléphone.

C'était un mensonge. Parce qu'en ce moment, la seule fête dont elle avait envie, c'était avec Landon. Et cela ne risquait pas d'arriver.

Landon était debout avant l'aube, à accrocher les placards fraîchement peints de sa cuisine. Le gris argenté réfléchissait la lumière de la baie vitrée qui donnait sur son petit jardin à l'est d'Austin, faisant paraître la cuisine plus grande. Le travail était plus difficile qu'il n'y paraissait, exigeant qu'il tienne bien droites les lourdes portes de bois pendant qu'il les alignait afin de les remettre sur les charnières.

Malgré ça, il appréciait le travail physique et la concentration que cela lui demandait. Il avait à peine dormi une heure et il devait encore brûler un excès d'énergie. De plus, il avait besoin de remplacer ses fantasmes sur Taylor par des idées plus saines.

De toute façon, il n'avait pas passé toute la nuit à fantasmer. Non, il avait travaillé aussi. Avant d'essayer de dormir, il avait pratiquement brûlé son téléphone à force d'appeler à droite et à gauche pour demander une demi-douzaine de faveurs.

Il avait appris que Reggie était aussi blanc qu'un agneau qui venait de naître. Son absence de casier judiciaire ne l'innocentait pas, mais si le gars avait des tendances psychopathes, l'expérience de Landon lui avait appris qu'il aurait au moins quelque chose, ne serait-ce qu'un dossier archivé au service de la délinquance juvénile. Mais il n'y avait rien.

Il attendait toujours d'avoir des nouvelles

pour Beau. Il avait contacté un ami qui avait un ami qui avait des relations dans l'Arkansas. Pour le moment, il n'avait pas eu de retour, et cela le rendait nerveux.

Taylor lui avait parlé de ce type, c'était déjà ça, mais Landon savait très bien qu'elle ne lui avait pas tout dit. Sans doute avaient-ils eu une relation, Beau l'avait agressée et elle ne voulait pas admettre qu'elle avait été victime ou qu'il la terrorisait tellement qu'elle avait peur d'empirer les choses en parlant de lui.

Il le découvrirait, cependant. Et il prendrait grand plaisir à faire de la vie de cette ordure un enfer.

À six heures, les portes de ses placards étaient en place et une agréable douleur perdurait dans ses bras. À sept heures, il s'était douché et changé.

Et à huit heures, il franchissait la porte de sa maison pour prendre la direction de l'Hôtel Winston.

Il utilisa la clé qu'il avait prise à Taylor la veille au soir pour avoir accès à l'étage, et il atteignit sa chambre au moment où l'employé du service d'étage arrivait avec une cafetière et un bol de fruits.

— Je m'en charge, dit Landon avant d'ouvrir la porte à l'aide de son passe.

Il l'entrouvrit de quelques centimètres avec sa hanche, puis il prit le plateau en appelant :

— Taylor ? Mina ?

Il entra dans la pièce.

Pas de réponse, mais l'eau coulait dans la salle de bain, alors il continua sa progression en criant :

— Ohé, je suis là !

Il s'approcha de la salle de bain fermée pour poser le plateau sur le bureau.

Derrière lui, la porte de la salle de bain s'ouvrit et il se retourna, s'attendant à voir Taylor sortir pour le saluer.

Il vit bien Taylor. Il la vit *entièrement*. Elle regardait vers le bas tout en se séchant les cheveux avec une serviette, exposant chaque parcelle de son corps appétissant entièrement nu.

Le cerveau de Landon savait qu'il devait signaler sa présence. Par un bruit, n'importe quoi. Mais le reste de son être ne coopérait pas. Sa bouche était sèche. Son sexe était dur comme un roc. Ses doigts se tordaient dans un désir palpable à l'idée de toucher ces belles courbes. Et ses yeux...

Oh, mon Dieu, ses yeux regardaient le paradis. Cette peau bronzée qui serait si douce sous ses doigts. Les muscles lisses de ses cuisses qui l'enserreraient pendant qu'il la prendrait avec fougue. Ses seins ronds et parfaits aux tétons durcis le narguaient, comme s'ils le suppliaient de les sucer avant de tomber à genoux pour poser sa bouche sur son merveilleux sexe épilé et se repaître de ses délices.

Il émit un raclement de gorge et elle leva brusquement la tête, ses yeux grands ouverts alors qu'il levait les mains comme pour la dissimuler à sa vue. D'un mouvement vif, elle ramena la serviette devant son corps, tourna les talons et recula dans la salle de bain.

— Je suis désolé, cria-t-il. Je pensais que vous m'aviez entendu entrer.

— Mais, merde ! Oh, mon Dieu, mais merde !

— Je sais, je sais, je suis désolé. Je ne voulais pas... *merde*.

Un moment plus tard, la porte s'ouvrit à nouveau et elle se glissa à l'extérieur, à nouveau enveloppée dans le peignoir de l'hôtel. Son visage était écarlate et sa rougeur descendait jusqu'à sous le tissu éponge. Il fut soudain submergé par le désir de le lui enlever, puis de suivre l'embrasement de sa peau nue avec sa langue.

Calme-toi.

Elle s'éclaircit la voix et s'assit bien sagement au pied du lit.

— Avez-vous trouvé quelque chose sur Reggie ?

— Pas grand-chose.

Il lui dit ce qu'il avait appris et elle hocha la tête.

— Alors, ça veut dire que ce n'est certainement pas lui ?

— Pas nécessairement.

Il s'assit sur le lit à côté d'elle, puis se déplaça un peu pour qu'elle puisse le regarder plus directement. Quand il le fit, ses genoux caressèrent les siens. Il la vit se raidir, mais elle ne recula pas.

— Pourquoi pas nécessairement ?

— Tous les criminels ont une première fois, répondit-il. Vous pourriez être la sienne.

Un sourire désabusé vint aux lèvres de Taylor.

— Youpi.

— À quand remonte la première fois ? demanda-t-il. Est-ce que quelque chose est arrivé juste avant ? Avec Reggie, je veux dire.

— Comme un déclencheur ?

Il hocha la tête, puis regarda son visage pendant qu'elle se concentrait. Il remarqua l'adorable ride au-dessus de son nez. Seigneur, elle était tellement mignonne. Ses traits uniques se rassemblaient pour former une image qui l'attirait et se gravait dans son cœur.

Il grimaça intérieurement. Si elle lui inspirait des pensées aussi fleuries et sentimentales, c'était clairement qu'il craquait pour elle. Aussi gênant que ce soit, apparemment son attirance pour Taylor semblait être sa nouvelle réalité.

Elle commença à secouer la tête, mais il lui prit le menton du bout des doigts.

— Va plus loin. Avez-vous joué un rôle dans un spectacle qu'il souhaitait décrocher ? Est-ce que vous lui avez barré la route devant le distributeur ? Est-ce qu'il vous a vue parler avec un autre homme ?

Ses belles lèvres souples étaient entrouvertes comme pour un baiser.

— Oui, dit-elle.

Pendant un moment de folie, il pensa qu'elle l'avait invité à presser sa bouche contre la sienne.

Puis il se rendit compte qu'elle répondait seulement à sa question.

— Un autre homme ? Où ? Qui ?

— Je... Je suis tombée sur lui au *Broken Spoke*, l'informa-t-elle, faisant référence à la boîte de nuit emblématique d'Austin. On est plusieurs à y être allés, après un concours de l'Homme du Mois. Ça nous arrive parfois, mais cette fois-là, Brent était avec nous.

— Inhabituel pour lui, à cause de Faith, commenta Landon.

Taylor hocha la tête.

— Il m'apprenait à danser le Texas Two-Step. J'ai vu Reggie de l'autre côté du bar en train de nous observer.

— C'était quand ?

Elle réfléchit.

— Après Parker. Alors, ça fait environ deux semaines. Et à peu près une semaine avant la brique.

— Attendez un instant.

Il envoya un message rapide à Brent, lui demandant s'il se rappelait cette nuit-là et s'il avait remarqué quelqu'un qui le suivait après ou si quelque chose de bizarre lui était arrivé, à lui ou sa voiture. La réponse fut immédiate et négative. Brent n'avait rien remarqué.

Au vu de la formation de Brent, et sa

tendance à être très attentif à tout parce qu'il était responsable de Faith, Landon devait présumer qu'il n'avait été la cible d'aucun incident. Cela ne signifiait pas que le coupable n'était pas Reggie. Son attention se concentrait peut-être sur la femme qu'il convoitait, la punissant pour ce qu'il percevait comme de l'infidélité.

En présumant que ce soit Reggie.

— Il y a autre chose, ajouta Taylor. C'est à partir de ce moment-là que j'ai commencé à sentir...

— Quoi ?

— À me sentir observée, je crois. Je ne l'ai pas mentionnée avant, parce que c'était seulement un sentiment.

Elle s'humecta les lèvres, songeuse.

— Il y a autre chose ?

— C'est seulement... Vous avez dit que n'importe qui pourrait me citer des extraits de comédie musicale, mais ça ressemble tellement à Reggie. Et Beau est à huit ans et à des milliers de kilomètres en arrière. En plus...

Il se pencha vers elle.

— En plus quoi ?

Elle secoua la tête.

— En plus, ça me semble tellement improbable qu'il s'en prenne à moi après tout ce temps. Ne serait-ce qu'une tentative. Vous ne trouvez pas ?

Avant que Landon puisse répondre, elle enchaîna, comme si elle était déterminée à se convaincre que ça ne pouvait pas être Beau.

— Et il n'a pas vraiment de culture. Ou en tout cas, il n'en avait pas. Il sait que j'aime les comédies musicales, mais je ne suis pas certaine qu'il fasse du bon travail pour trouver les citations. C'est le genre de mec qui se cure les ongles des pieds avec un couteau à cran d'arrêt. Il pense certainement qu'*Evita* est une marque de soda et que *Sweeney Todd* est le nom d'un pirate dans un des films de Johnny Depp. Des citations de *Grease*, ce serait plus son genre.

— Je n'ai pas obtenu d'informations sur lui. Pas encore. Et nous ne l'avons pas vu à Austin, pourtant c'est l'homme dont vous avez peur.

— Bien sûr que j'ai peur de lui. Il est flippant.

Elle se leva et alla vers le bureau pour se verser une tasse de café.

— Il y a quelque chose que vous ne me dites pas, Taylor.

Elle lui tournait le dos, mais quand elle souleva la tasse, il vit que ses mains tremblaient.

— Non, rien.

Elle se retourna, puis le regarda bien en face, ses longs cils bordant ses grands yeux bruns candides.

— Absolument rien, répéta-t-elle.

Sans l'ombre d'un doute, il sut qu'elle mentait.

SIX

Pendant toutes ces années passées à l'Université du Texas, Taylor n'avait jamais mis les pieds à l'intérieur du Memorial Stadium, le sanctuaire du football américain qui dominait le côté est du campus, près de la bibliothèque Lyndon Baines Johnson et le Texas Performing Arts Center. Puisqu'elle avait presque vécu toutes ses années d'université au PAC, elle voyait le stade tous les jours.

Ils descendaient la colline en direction du département d'art dramatique, le stade se profilant sur leur gauche et la voiture de Landon garée derrière eux avec une plaque de la police d'Austin sur le tableau de bord pour éviter les contraventions.

— Tricheur, le taquina-t-il alors qu'ils marchaient côte à côte, mais il lui sourit avec candeur, comme un gamin dans un magasin de bonbons.

— Les avantages du boulot. On doit bien en profiter.

— Les avantages, intéressant... fit-elle d'une voix traînante.

Elle n'en revenait pas d'être aussi audacieuse.

Depuis qu'elle s'était retrouvée nue devant lui, elle n'arrivait pas à oublier l'expression de son visage à ce moment-là. Elle avait déjà vu des regards de convoitise, bruts et avides, plus d'une fois dans sa vie, mais ce n'était pas ce qui colorait le visage de Landon.

Non, elle avait vu un désir franc dans ses yeux. Une envie. Puissante et assurée. Il l'appréciait. L'éclat de son visage et l'étincelle dans ses yeux reflétaient ce qu'elle éprouvait elle-même.

Il la désirait tout autant. Et elle avait beau savoir qu'elle ferait mieux de calmer le jeu, elle n'en avait pas envie. Ou peut-être que si. Elle n'en était pas certaine. Cette incertitude lui donnait de l'audace. Parce que si elle insistait et qu'il répondait par des gestes...

Alors, la décision serait prise pour elle.

Pas de manière définitive, bien sûr. Elle pourrait juste se laisser aller avec cet homme, au moins un petit peu.

Elle lui jeta un regard en coin en se rappelant ce qu'elle avait ressenti à ce moment-là. Non seulement sa réaction et son expression, mais le fait de s'être retrouvée nue devant lui. Certes, elle avait sursauté et poussé un cri, mais c'était plus de la surprise qu'un sentiment négatif.

Au contraire, une fois le choc passé, le désir lui brûlait la peau. Elle s'était adossée contre la porte de la salle de bain et avait respiré posément, tout en fantasmant sur ce qui se serait passé si elle avait simplement marché vers lui et l'avait invité à la toucher.

Elle n'avait pas trouvé le courage, cependant. Mais maintenant... Peut-être que maintenant... Elle avait envie d'aborder la question du bout des doigts et de voir où leur attirance la mènerait, en espérant que ce serait au lit, avec Landon entre ses cuisses.

— C'en était un ? demanda-t-elle rapidement avant de se raviser.

Il s'arrêta sur le trottoir, le visage interrogateur.

— Me voir nue. Est-ce que c'était un des avantages ?

Sa pomme d'Adam monta et descendit. Pendant un instant, elle crut qu'il n'allait pas répondre. Puis il la regarda dans les yeux avec assurance.

— Bien sûr.

Ils restèrent là pendant un moment, à se regarder simplement. Puis un skateur passa rapidement, elle sursauta et ce fut fini. L'enchantement était brisé.

— Allez, venez, dit-il. Ce cours va bientôt se terminer.

— C'est vrai.

Elle le rejoignit, maudissant le règlement qui permettait aux skateurs de rouler sur les trottoirs. Était-ce seulement autorisé, d'ailleurs ? Puis Landon lui prit la main. Elle leva les yeux, surprise, et perçut son sourire insolent.

— Nous essayons de le piéger, vous n'avez pas oublié ? C'est mieux si nous ressemblons à un couple, non ?

Elle hocha la tête, la gorge étrangement nouée.

Quelques pas de plus et ils atteignirent l'intersection. Ils étaient en diagonale du bâtiment de théâtre. Ils traversèrent quand la voie fut libre, puis ils entrèrent. La salle commune était juste devant la salle principale, avec des tables, des chaises et de vieux canapés. Landon l'accompagna et ils s'assirent. Même là, il garda fermement sa main dans la sienne.

— Êtes-vous allé à l'Université du Texas ? demanda-t-elle quand le silence devint trop pesant pour elle.

Il secoua la tête.

— Non. J'ai grandi à Austin, mais je suis allé à Saint-Edward, lui répondit-il, mentionnant l'université privée au sud du fleuve. J'ai eu ma licence en droit criminel et ensuite j'ai rejoint les Marines.

— Vraiment ? Vous avez servi pendant combien de temps ?

— Quatre ans. J'y suis entré en tant qu'officier, mais je n'ai jamais voulu faire carrière. Mon père, enfin mon père adoptif, avait servi et je voulais faire la même chose.

— Mais vous vouliez être policier.

— Je voulais être inspecteur de police.

— Et vous l'êtes. C'est génial.

— J'aime le penser.

Il leva leurs mains jointes et embrassa légèrement la base de son pouce. Les yeux de Taylor s'agrandirent de surprise, mais il fit un signe de tête en direction de la salle, d'où des étudiants émergeaient déjà.

— Je veux jouer mon rôle. Le rendre jaloux. Et qui ne serait pas jaloux de cette jolie fille à mon bras, même si je suis assez vieux pour que vous ne m'accordiez pas un regard ?

Elle ne le contredit pas, même si elle trouvait cette supposition ridicule. Alors qu'il la remettait sur ses pieds et qu'ils commençaient à inspecter la marée de visages, elle lui demanda quel âge il avait.

— Trente-six. Et vous, quoi ? Vingt-quatre ans ?

— Presque vingt-cinq.

— Hmm, dit-il.

Elle resserra sa prise sur sa main, certaine que de la mention de leur écart d'âge lui donnerait envie de la retirer.

Ils devaient ressembler à un couple. Pour la mise en scène qu'ils avaient choisie pour Reggie, se dit-elle. Elle pensait seulement à leur enquête et c'était lui qui avait suggéré de faire semblant qu'ils étaient ensemble.

— Vous croyez que c'est de la jalousie ?

Ses pensées amenèrent la question au premier plan.

— Je crois que c'est très probable.

— Mais qu'allons-nous... Oh, le voilà.

Elle leva la main pour attirer l'attention de Reggie. Il sourit et ne sembla pas du tout affecté de la voir, s'empressant de les rejoindre. C'était un grand type efflanqué.

— Salut, Taylor !

Ses yeux se dirigèrent vers Landon.

— Excusez-moi si nous nous sommes déjà rencontrés, mais je ne me souviens pas de vous.

— Landon, dit-il en relâchant la main de Taylor pour serrer celle de Reggie. Je ne suis pas un étudiant.

Le jeune homme hocha la tête, mais il ne semblait pas dérouté. Son attention revint sur Taylor.

— Tu es censée avoir cours aujourd'hui ?

— Non, nous sommes seulement de passage, parce que... commença-t-elle avant de lancer un coup d'œil désespéré vers Landon, à court d'idées.

— Pour être honnête, quelqu'un ennuie un peu Taylor.

Les yeux de Landon étaient rivés sur Reggie.

Tout comme ceux de Taylor, d'ailleurs. Pour elle, ses réactions étaient parfaitement normales, de l'inquiétude mêlée de perplexité.

— Des ennuis ?

— Vous la connaissez assez bien, poursuivit Landon, ignorant la question de Reggie. Pensez-vous à quelqu'un susceptible de savoir qu'elle aime Sondheim ? Ou simplement les comédies musicales ?

— Sondheim ?

Il cligna des paupières, puis il fronça les sourcils.

— Je ne sais pas. Cela dit, je crois que tu l'as évoqué une fois ou deux en classe, non ?

Elle acquiesça. Elle avait oublié, mais elle avait parlé longuement de *Promenons-nous dans les bois* en cours.

— Avez-vous remarqué quelqu'un qui pourrait la surveiller ?

Les questions de Landon fusaient et Taylor se dit que c'était pour empêcher Reggie de réfléchir.

— Qu'est-ce qu'il se passe ? demanda le jeune homme en les regardant tour à tour.

— Elle reçoit des messages désagréables,

expliqua Landon en faisant un petit pas en direction de Reggie.

Il n'était pas menaçant, mais il empiétait clairement sur son espace d'intimité.

— J'ai l'intention d'arrêter la personne qui les lui envoie.

Il regarda Taylor par-dessus l'épaule de Landon.

— Merde. Est-ce que ça va ?

Elle hocha la tête.

— Alors, en quoi puis-je vous aider ?

Landon fit un pas en arrière et, une fois de plus, entrelaça ses doigts avec ceux de la jeune femme.

— Si vous pensez à quoi que ce soit d'autre, ou si quelqu'un la demande, faites-le savoir à Taylor. Ou appelez-moi.

Il sortit de sa poche une carte de visite, qu'il lui tendit.

Reggie baissa les yeux avant de les remonter.

— Vous êtes policier ?

— En effet. Mais ce n'est pas une enquête officielle.

Il relâcha la main de Taylor pour mettre un bras autour de sa taille, et sans y penser, elle se laissa aller contre lui. Elle se sentait en sécurité dans ses bras.

— Je ne fais que protéger ma femme.

Reggie acquiesça.

— Je vois. Merde, Taylor, c'est dingue. Je te tiens au courant, d'accord ?

— Merci Reggie, dit-elle, puis elle le regarda remonter la bretelle de son sac à dos sur son épaule et se diriger vers la sortie principale.

Il était sur le point de passer les portes quand il se retourna.

— Oh, attends, et ce journaliste ?

Taylor et Landon échangèrent un regard avant de se précipiter vers Reggie.

— Quel journaliste ? demanda Taylor.

— Le mec était du *Daily Texan*, dit-il.

C'était le journal étudiant de la fac.

— Un mec plus âgé. Il a dit qu'il était en dernière année de journalisme et qu'il faisait un portrait sur toi.

Elle leva les yeux vers Landon et secoua légèrement la tête. Elle ne savait rien de cette histoire.

— Est-ce que ce mec a un nom ?

— Oui, mais je ne suis pas certain que je... Oh, attendez. Buddy. Je m'en souviens parce que c'était le nom de mon premier chien. Et son nom de famille était... Attendez une seconde. Oui, voilà. Hall. Il s'appelle Hall. Facile, j'habitais à Carothers Hall avant de quitter le campus.

Taylor ne dit rien, mais elle resserra sa prise sur la main de Landon, forçant ses jambes à ne pas se transformer en caoutchouc.

— Vous pensez qu'il pourrait avoir un lien avec les messages ? demanda Reggie.

— Oh, j'en doute.

Elle aurait voulu rester détachée, mais à la manière dont Landon la regardait, elle avait le sentiment de ne pas être très convaincante.

— Ce doit être le mec qui m'a laissé un message vocal à propos d'un article. C'est sûrement de ça qu'il s'agit. Enfin, dis-le-moi s'il te recontacte. Si je dois devenir célèbre, j'aimerais savoir ce qu'on va dire sur moi.

Elle se força à sourire.

— Ça marche. Je le ferai.

Ils se dirent au revoir à nouveau, et dès que Reggie eut franchi la porte, Taylor s'avachit contre le mur, Landon à ses côtés.

— Dites-moi tout, demanda-t-il.

Elle hocha la tête.

— Je... Oui. Donnez-moi une minute, d'accord ? Je ne... Je ne m'attendais pas à ça.

Il la détailla, ses yeux sombres la transperçant jusqu'à son âme. Puis il acquiesça et lui prit la main.

— Il semblerait que ce soit une belle journée. J'aimerais vous montrer un endroit.

Elle se laissa entraîner à l'extérieur, puis le long du chemin qu'ils avaient emprunté à l'aller. Ils remontèrent la route devant le stade et il l'étonna en la guidant à l'intérieur.

— Vous avez besoin de forces, dit-il en la conduisant au Starbucks. Un café et de la conversation.

— Nous allons rester à l'intérieur du stade ?

— Faites-moi confiance, dit-il.

Une fois qu'ils eurent leur café en mains, ils ressortirent à l'air libre.

Ils continuèrent dans la même direction jusqu'à atteindre la fontaine et les talus herbeux au pied de la bibliothèque Lyndon Bain Johnson.

Main dans la main, il l'emmena près du bosquet d'arbres, puis il s'assit sur l'herbe, l'attirant auprès de lui.

Ils restèrent ainsi un moment, à contempler la fontaine en contrebas, le Texas History Center sur leur droite, la bibliothèque en face d'eux et le stade ainsi que toute l'étendue du campus sur leur gauche.

— Quand j'étais petit, je venais ici et je faisais semblant qu'il neigeait. Je descendais au bas du talus sur un morceau de carton, dit-il. C'était ma façon d'essayer d'avoir une vie normale.

— Vous aviez quel âge ?

— Environ sept ans. Peut-être huit.

— Vos parents vous emmenaient ?

Il secoua la tête.

— Je venais à vélo.

Elle écarquilla les yeux, surprise.

— Vos parents vous laissaient faire ?

Son rire était sarcastique lorsqu'il répondit :

— Mon père me jetait dehors le matin. Il disait à ma mère que je devais sortir dans la rue pour être un homme et que je pourrais rentrer pour le dîner.

Comme elle ne savait pas quoi dire, elle garda le silence.

— Il a disparu avant mes neuf ans. On pense qu'il s'est fait tuer par un gang. Voilà le genre de quartier où j'ai grandi, mais nous n'en avons jamais eu la certitude.

— Alors, vous avez été élevé uniquement par votre mère ?

— Seulement pendant un an. Au cours de cette année-là, la vie de gang m'attirait. Réellement. Ils savaient que j'avais perdu mon père et ils rôdaient autour de moi pour essayer de m'amadouer.

— Qu'avez-vous fait ?

Elle essayait de l'imaginer, l'homme honorable qu'elle connaissait, en gamin essayant de trouver sa voie.

— J'ai esquivé. Je suis resté à l'écart. J'ai passé plus de temps à me battre pour ne pas avoir cette vie que de travailler à l'école. Tout le temps, j'espérais trouver une échappatoire. Une sortie. Loin de la mort, de la drogue et des conneries.

— Ce n'est jamais arrivé ?

Elle entendait la douleur dans sa voix et elle supposait que c'était la suite de l'histoire.

— Oh, j'ai été libre plus tôt que prévu. Il faut être prudent avec ce qu'on souhaite, pas vrai ?

Ses mots étaient pleins de regrets.

Elle pinça les lèvres, craignant ce qui allait suivre.

— Quelqu'un dans une voiture. Ma mère riait devant la maison. La minute suivante, elle était morte. J'avais neuf ans. Tout à coup, je me suis retrouvé dans une famille d'accueil.

Elle tendit la main pour prendre la sienne, espérant pouvoir effacer la douleur dans sa voix.

— J'ai eu ce que je souhaitais, mais le prix à payer...

— Je suis vraiment désolée.

— C'était une femme bien. Mon pilier quand j'essayais de rester dans le droit chemin. Elle n'avait pas mérité de mourir. Elle n'avait même pas trente ans.

Taylor cligna des yeux et une larme solitaire roula sur l'aile de son nez.

— Votre enfance n'a pas été facile.

La sienne avait été difficile aussi. Elle comprenait l'enfer d'un tel sentiment, la peur et la solitude conjuguées.

— Que s'est-il passé ?

Un sourire apparut sur ses lèvres.

— Ça s'est amélioré. Et ça continue.

— Vous avez atterri dans une bonne famille ?

— La meilleure. Je les considère comme mes parents, et vice versa, même s'ils ne m'ont jamais adopté officiellement. Je... Enfin, j'avais le senti-ment que ce serait une insulte pour ma mère.

— Je comprends.

— Mais ils m'ont donné un foyer. Une éducation. Un quartier sécuritaire où les enfants pensent que ce que j'ai vécu dans mon enfance n'arrive qu'à la télévision, et non pas à quelques kilomètres, de l'autre côté de l'autoroute. Dans tous les cas, ça s'est amélioré. Il y a quelques accrocs, mais dans l'ensemble les choses s'améliorent.

Il lui adressa ce sourire qui la réchauffait de l'intérieur.

— Bien sûr, j'ai eu de l'aide. Ma famille d'accueil. Mon commandant. Mon associé.

— Vous avez un associé ?

Il hocha la tête.

— Enfin, j'en avais un. Il vient de prendre sa retraite et a déménagé au Nouveau-Mexique. C'est en partie pour ça que j'ai pris mes vacances maintenant. Je me suis dit que ça me ferait une pause avant que l'on m'en désigne un nouveau.

— Merci de m'avoir dit tout ça.

— De rien.

Il se pencha vers elle et lui murmura d'un air conspirateur :

— Mais vous avez raté le sous-texte.

— Vraiment ?

— Vous êtes censée vous ouvrir, vous aussi.

— Je...

— J'ai vu l'expression de votre visage. Buddy Hall. Beauregard Harkness. Vous pensez que c'est le même homme.

— Non, dit-elle dans un murmure. Je ne *pense* pas que c'est lui. J'en suis certaine.

SEPT

— Il était obsédé par Buddy Holly, lui expliqua Taylor une fois qu'ils furent de retour dans la voiture de Landon. Holly, Hall. Vous voyez.

— Oui.

Landon avait démarré et avait passé la marche arrière, mais il se tourna vers elle. Sous son regard intense, elle se trémoussa.

— Je vois surtout qu'il n'y a plus à se poser de questions. Ce mec vous a traquée de l'Arkansas jusqu'à Austin. Ce mec d'il y a huit ans vous a suivie jusqu'ici et il vous harcèle. Nous le savons tous les deux. N'est-ce pas ?

Lentement, elle hocha la tête.

— Ce que je ne sais pas, c'est pourquoi, mais j'imagine que vous avez votre petite idée.

— Il est dérangé, dit-elle.

N'était-ce pas la pure vérité ? Jamais au cours de sa vie elle n'avait croisé quelqu'un d'aussi dérangé que Beauregard Harkness.

Les mains de Landon se contractèrent autour du volant. Ses yeux étaient fermés et elle était absolument certaine qu'il comptait jusqu'à dix. Il expira enfin et la regarda de nouveau. Aussi calme qu'un étang par un matin d'hiver.

— Je veux vous aider, Taylor. Je pense même que ça me tuerait si je vous faisais défaut. Si je devais vous voir souffrir. Mais je ne peux pas le faire seul. Vous devez m'aider. Vous devez tout me dire.

Il lui semblait qu'un coton imbibé de peur lui obstruait la gorge, l'empêchant de prononcer les mots qu'elle mourait d'envie de lui dire. Elle voulait tout lui révéler, toute l'histoire, aussi sordide et horrible qu'elle soit. Elle n'y parvenait pas. Elle secoua simplement la tête. Impossible. Elle ne pouvait pas supporter de lui montrer une autre version d'elle-même.

Une Taylor qui n'était pas Taylor du tout.

Elle ferma les paupières, compta jusqu'à dix et secoua la tête lentement.

— Je vous l'ai dit, murmura-t-elle enfin. Il est

mauvais. Non. Il est diabolique. S'il me trouve, je le jure devant Dieu, il va me tuer.

Il plaça le levier de vitesse au point mort et se tourna vers elle.

— Merde, Taylor, vous devez me faire confiance.

— C'est le cas.

De chaudes larmes inondaient ses joues, alimentées par la peur, la colère et la frustration. Elle voulait le lui dire... Vraiment. Mais il n'avait pas besoin de savoir tout cela, et si elle lui en parlait, elle ouvrirait des portes qui feraient mieux de rester closes.

Elle inspira.

— Si vous voulez vraiment m'aider, alors s'il vous plaît, aidez-moi à l'arrêter. Il est mauvais, Landon. C'est le résumé. Vous n'avez besoin de rien d'autre.

— Non ?

Elle secoua la tête.

— Alors, je n'ai aucune raison de vouloir mieux vous connaître ?

Il tendit la main dans sa direction et la posa sur sa cuisse. Elle ferma les yeux quand la chaleur de son contact s'insinua en elle.

— Vous ne comprenez pas, Taylor ? Je ne veux pas seulement vous aider. Je veux...

— Quoi ?

C'était à peine plus qu'un murmure.

Une fraction de seconde après, il ajouta :

— Je veux vous connaître.

Elle leva le menton, le regardant droit dans les yeux.

— Alors, nous voulons la même chose. Parce que vous me connaissez. La fille d'avant ? La fille qui est partie de l'Arkansas ? Cette fille, ce n'est pas moi, Landon. Même moi, je ne la connais plus.

Maintenant, ses yeux doux semblaient tristes. Mais c'était vrai. Tout était vrai.

En conclusion, s'il désirait l'aider, tout ce qu'il devait faire, c'était arrêter Beau. Le reste n'était que du vent.

Pendant un moment, il se contenta de la regarder. Elle était raide en attendant ce qu'il lui dirait. Heureusement, la sonnerie de son téléphone interrompit le moment. Il décrocha, lui jeta un regard et annonça :

— Je suis heureux de l'entendre. Merci.

Quand il raccrocha, elle pencha la tête.

— Quoi ?

— Votre système de sécurité. Il est installé et prêt à être utilisé.

— C'est super. Je pourrai rester chez moi ce soir, alors ?

— Il semblerait.

Elle soupira de soulagement.

— Ce n'était pas une mauvaise expérience, mais je préfère être chez moi. Pourriez-vous m'emmener à l'hôtel ? J'y ai laissé quelques affaires que Mina m'a apportées. En plus, je devrais certainement rendre la chambre et récupérer ma voiture. Elle est garée près du *Fix*.

— Je vais vous emmener, mais je veux vérifier votre appartement d'abord. Ça ne sert à rien de quitter l'hôtel si tout n'est pas parfait.

Puisqu'elle ne pouvait pas le contredire sur ce point, elle hocha la tête et s'installa confortablement tandis qu'il se dirigeait vers son appartement sur West Campus. Un petit immeuble étroit de seulement cinq étages entre deux autres plus grands.

Il se gara sur une place près de chez elle. Une fois qu'il eut coupé le moteur, elle commença à ouvrir la portière avant de s'arrêter dans son mouvement.

— Vous n'êtes pas obligé de venir, vous savez.

Je peux voir tout ça avec Martin, ajouta-t-elle en faisant référence à son concierge.

Il leva les sourcils, mais ne dit rien.

— Enfin, vous en avez déjà tellement fait pour moi.

Ce n'était pas ce qu'elle voulait dire. C'était même loin de ça. L'opposé, en réalité. Ce n'était pas ce qu'il avait fait, mais combien elle était devenue à l'aise auprès de lui. Et jusqu'où il la poussait. Mais s'il continuait ? Et si elle cédait ?

Elle voyait presque cet avenir se dérouler devant elle. Elle lui révélerait tous les secrets qu'elle avait enfouis pendant toutes ces années. Des vérités qui lui apporteraient tellement d'ennuis qu'elle n'arriverait plus jamais à s'en sortir.

Des vérités qui pouvaient la faire tuer.

Mais ça, Landon le savait déjà, parce que c'était Beau qui la tuerait.

Peu importe la manière de l'aborder, le problème restait le même, elle avait laissé Landon s'approcher un peu trop. Au fond, elle aimerait qu'il s'approche encore plus, mais il valait mieux le repousser.

Le silence était lourd entre eux, envahissant l'atmosphère déjà pesante.

— Vous suggérez que je vous dépose et que je m'en aille ?

— Vous avez donné assez de votre temps. Je suis censée être un projet parallèle. Et Martin connaît le système. Étant donné que c'est lui qui a supervisé l'installation.

— Hmm, hmm. Allez, venez. On monte.

Il ouvrit la portière et commença à sortir de la voiture.

— Landon, fit-elle, mais il était déjà dehors.

Elle fronça les sourcils, le suivit à l'extérieur, puis elle contourna le capot et alla à sa rencontre.

— Merde, je...

— Non.

Il leva un doigt pour la faire taire.

— Soit vous me laissez inspecter l'appartement, soit vous venez dormir chez moi. À vous de choisir. Mais vous n'entrerez pas sans que je sois à vos côtés. Et pour votre information, Martin ne connaît pas le système aussi bien que moi. Je l'ai commandé. J'ai tout planifié avec l'équipe d'installation. J'y ai fait les réglages initiaux. Vous voulez comprendre toutes les options ? Comment rester en sécurité ? Je suis l'homme qu'il vous faut.

— D'accord, mais...

— Pas de *mais*. Vous dites que vous êtes censée être un projet parallèle pour moi ? Comme si vous n'étiez que ça ? Bon, comme vous voudrez.

Elle pouvait entendre la frustration, peut-être même la colère dans sa voix.

— Mais je fais ça parce que Brent me l'a demandé. Et je ne prendrai pas de risques avec vous. Brent me massacrerait s'il vous arrivait quelque chose.

— Ce n'est pas Brent qui commande.

Taylor repoussa ses cheveux en essayant de rester calme.

— C'est uniquement pour ça que vous m'aidez ? Parce que Brent vous l'a demandé ?

Il grommela avec exaspération.

— Vous êtes bien bête si c'est ce que vous pensez.

Sa voix glissa sur elle, aussi douce qu'une caresse.

Il fit un pas en avant et reprit la parole, encore plus doucement. Comme si elle était un chaton craintif et qu'il avait peur de l'effaroucher.

— Je ne sais pas ce qui s'est passé entre notre pause à l'extérieur de la bibliothèque et le retour à la voiture. Vous vous êtes peut-être rappelé quelque chose. Vous avez peut-être vu quelque chose. Vous ressassez peut-être un peu trop tout ça dans votre tête, mais au bout du compte, je veille sur vous. C'est tout. Point à la ligne. Alors, vous devez faire avec, d'accord ?

Elle vacilla, stupéfaite par le tranchant de ses paroles malgré la douceur de son intonation.

— D'accord, dit-elle, autant par réflexe qu'avec sincérité.

— Bien. Entrons.

Il posa la main sur son épaule quand elle inséra la clé et elle se redressa, plus que consciente de ce point de contact et du brasier qu'il allumait en elle.

— Attendez ici, dit-il une fois qu'ils furent entrés et que la porte se fut refermée derrière eux.

Il saisit le code pour désactiver le système. Ensuite, il sortit un petit pistolet de sa poche – elle n'avait même pas remarqué qu'il en portait un – puis il passa lentement les lieux en revue. Elle le regarda avancer dans le salon, la cuisine, puis elle l'entendit ouvrir les placards dans sa chambre et dans la salle de bain.

Il l'appela enfin.

— Taylor ?

— Je suis là. Tout va bien. Mais pourriez-vous... *Ah !*

Elle fit un saut en arrière, surprise par une tache brune qui passa en trombe au ras du sol.

Landon fut à ses côtés en un instant.

— Quoi ?

— Je... Je ne sais pas.

— C'est peut-être votre imagination ?

Elle voulait protester, mais l'instant d'après, elle perçut un nouveau mouvement et sauta dans les bras de Landon, s'accrochant à lui. Sa poitrine se pressait contre ses abdominaux bien fermes et il l'enserra de son bras libre. Elle sentit sa position changer quand il glissa son arme dans son étui, qu'elle voyait maintenant accroché à son jean. Et elle entendit sa voix douce et rassurante lui annoncer que ce n'est qu'un chat. *Monsieur Tacheté*, comprit-elle dans un coin de son esprit. Un chat errant qui avait tendance à squatter son appartement.

Landon continuait à lui dire des mots réconfortants, mais elle les percevait à peine. Tout ce qu'elle entendait, c'était son sang qui cognait dans ses tempes. Tout ce qu'elle sentait, c'était la chaleur de leur étreinte.

Elle leva la tête, penchée en arrière pour le regarder dans les yeux.

— Landon.

Ce fut tout ce qu'elle dit.

Mais ce fut suffisant.

Dans un geste autoritaire et possessif, il l'attira encore plus près de lui, si près qu'elle sentit son sexe en érection à travers son jean.

En même temps, elle entendit son profond gémissement presque éperdu. Puis, avant même qu'elle ait le temps de penser, Landon posa ses lèvres fermes et chaudes sur les siennes, prenant possession de sa bouche par un baiser merveilleux qui frôlait la folie et mettait à bas toutes ses défenses, laissant un seul mot dans son esprit.

Encore.

HUIT

Landon ne réfléchit même pas quand il écrasa sa bouche contre la sienne, l'attirant à lui. Son petit cri lui avait fait l'effet d'une lame chauffée à blanc, et dans la fraction de seconde avant qu'il ne s'avance, une terreur froide l'avait envahi. La peur de la perdre alors qu'il venait à peine de la trouver, et que tout ce qu'il lui reste soit un trou béant dans le cœur.

Brutalement, il l'attira plus près jusqu'à sentir sa poitrine contre son torse. Une main à l'arrière de sa tête, il glissa l'autre vers le bas, au creux de ses reins, pour la maintenir en place. Cette fille entre ses bras, c'était le paradis. Mais ce fut le goût de son baiser qui lui fit perdre la tête, sans mentionner sa réaction enthousiaste.

— Est-ce que tu sais depuis combien de temps j'ai envie de te goûter ? demanda-t-il tout en la caressant de ses lèvres.

— Moi aussi, murmura-t-elle.

La vérité de ces mots le saisit, le rendant encore plus dur qu'il n'aurait pu l'imaginer.

— J'ai envie de te sentir, de revoir ton corps. Tu es une œuvre d'art, ma belle. Tu veux bien te déshabiller pour moi ?

Il la vit déglutir, se mordiller la lèvre inférieure. Il y avait des trémolos dans sa voix quand elle prit la parole.

— Je n'ai jamais fait un truc pareil.

— Alors, répondit-il. Fais-le seulement pour moi.

— Oh.

C'était à peine une expiration, et sous les yeux de Landon, ses joues prirent un teint rosé. Mais elle s'exécuta. Ses mouvements étaient lents. Elle ne jouait pas avec lui de manière intentionnelle, pourtant le simple fait de la voir retirer ses habits, de rester en sous-vêtements parce qu'il le lui avait demandé, l'excitait et lui donnait une sensation de puissance.

Plus que ça, son obéissance et la confiance que cela impliquait le touchaient.

À la regarder comme ça, sa peau douce et légèrement rosée le rendait plus dur qu'il ne l'avait jamais été.

— Encore ?

Il hocha la tête, presque trop paralysé pour former des mots. En même temps, il remarqua que ses yeux avaient plongé sur son entrejambe et il se rendit compte qu'il se caressait à travers son pantalon.

En déglutissant, il croisa son regard et il faillit éjaculer en la voyant passer la langue sur ses lèvres, comme si elle lui laissait entendre ce qu'elle pourrait faire avec cette langue.

— Sors-la, dit-elle. Je veux te voir te caresser.

Il pencha la tête.

— Je ne pense pas.

— Non ?

Lentement, elle glissa la main dans sa culotte et il vit un frisson la parcourir quand elle commença à se toucher.

— Alors, je crois que tu ne verras pas ce qu'il y a derrière le rideau non plus.

Merde. Il ouvrit la fermeture éclair et se libéra. Bon sang, il était à deux doigts de jouir.

Elle semblait un peu étonnée qu'il se soit exécuté, mais elle joua le jeu et retira lentement sa culotte, dégrafant son soutien-gorge. Son sexe tressauta dans sa main quand il la vit se caresser les seins, puis jouer avec ses tétons pour qu'ils pointent.

Lorsqu'elle marcha dans sa direction, tel un mannequin sur un podium, il lui fallut toute sa volonté pour ne pas jouir sur-le-champ.

— Embrasse-moi, le supplia-t-elle. S'il te plaît, embrasse-moi.

Il attira son corps nu contre le sien, sa bouche sur la sienne, la dévorant avec une telle ferveur que leurs dents s'entrechoquèrent. Ils se frottaient l'un contre l'autre. Sa verge était dure au point de la douleur, et la friction de sa peau nue juste au-dessus de son entrejambe lui procurait la sensation la plus érotique de sa vie.

— Assieds-toi.

Elle avait à peine chuchoté et il le comprit seulement parce qu'elle le poussa en arrière vers le canapé.

Il obtempéra et elle enjamba ses cuisses. Il était toujours entièrement habillé, à l'exception de la fermeture ouverte de son jean et de son sexe à l'air, et voilà qu'elle était sur lui, à frotter son sexe moite sur toute la longueur du sien, bien déterminée à lui faire perdre l'esprit.

C'était efficace.

Il referma les mains sur ses seins, puis lui pinça les tétons, lui arrachant un cri. Le sexe de Taylor se contracta et ce mouvement intime excita sa turgescence, l'approchant dangereusement de l'explosion.

— S'il te plaît, supplia-t-elle alors qu'elle glissait sa propre main entre ses jambes pour se caresser le clitoris, dans un geste tellement excitant qu'il crut devenir fou. S'il te plaît, dis-moi que tu as un préservatif.

C'était le cas. Il en avait deux dans son portefeuille et il passa la main derrière lui pour le prendre. Il réussit à le dénicher tout en se promettant d'acheter la plus grosse boîte possible la prochaine fois qu'il ferait les courses.

— Mets-le.

— Je suis toujours habillé.

— Je sais. J'aime ça. Je ne pensais pas que ça me plairait, mais j'adore.

Il pencha la tête.

— Quoi donc ?

— Qu'on ne soit pas à égalité. Que tu puisses me voir, mais pas l'inverse. Être nue pour toi. Ouverte pour toi.

Pendant un instant, l'incertitude envahit son regard et elle demanda :

— Ça te plaît, au moins ?

— Oh, mon Dieu, oui. Mais Taylor...

Il se força presque à se taire. Qu'il laisse les choses se produire et ils parleraient plus tard. Il devait faire preuve d'intelligence. Avec Taylor, il ne souhaitait rien bousiller et il était beaucoup trop vieux pour elle. Il ne désirait pas de relation. Mais il la désirait, elle. Il était fou de désir !

Elle secoua la tête et posa un doigt sur ses lèvres.

— Peu importe ce que tu veux dire, ne le fais pas. Nous le voulons tous les deux.

Et pour le moment, je me fiche du lendemain. Ce soir, tout ce que je veux, c'est toi.

Elle pensait chaque mot qu'elle avait dit. Elle avait envie de *lui*. Landon. Elle voulait ses mains sur elle, son sexe en elle. Elle voulait ses mots doux et ses baisers.

À ce moment précis, elle avait envie de lui comme d'une drogue et quand elle prit son sexe dur comme de l'acier et aussi doux que le velours pour le positionner à l'entrée du sien, quand elle s'empala sur lui et qu'elle le sentit la remplir, alors elle sut qu'elle venait de découvrir ce que l'on ressentait au paradis.

C'était le sentiment que lui procurait Landon.

Il lui faisait des choses. Des choses incroyables.

Qui lui donnaient une impression de puissance.

Dieu sait qu'elle avait plus osé avec lui qu'avec n'importe quel homme. C'était incroyable de se déshabiller pour lui. De lui ordonner de se caresser. De le chevaucher alors qu'il était complètement habillé.

— Tu me rends folle, dit-elle.

— C'est réciproque. Tu me donnes trop chaud. Je veux que tu te lâches sauvagement. Je vais presque jouir. J'en suis si proche, jouis avec moi.

— Touche-moi. Emmène-moi avec toi.

Son râle était vibrant de passion quand il s'exécuta. Ses doigts trouvèrent son clitoris et entreprirent de le caresser tandis qu'elle s'agrippait à ses épaules et le chevauchait fougueusement, s'empalant de sorte qu'il touchait son point

G à chaque coup. Sous ses doigts experts, les sensations montèrent en elle, gonflant et s'intensifiant jusqu'à ce qu'elle n'en puisse plus.

Des picotements électriques commencèrent à naître dans les cuisses de Taylor, convergeant vers son centre avec une intensité et une chaleur accrues jusqu'à ce qu'elle explose. Son sexe se contracta, l'aspirant et l'entraînant avec elle. Le gémissement que poussa Landon au moment de l'orgasme fut si expressif qu'elle faillit jouir une seconde fois.

Lorsqu'ils furent tous les deux épuisés, blottis en cuillères sur le canapé, le torse de Landon contre le dos de Taylor, il déposa des baisers sur son épaule, une main sur son sexe.

— Attention, sinon tu vas te retrouver nu cette fois, et dans mon lit.

— Je peux prendre ce risque, répondit-il en s'asseyant.

Il la redressa aussi, puis l'embrassa.

— Où est ton téléphone ?

— Oh, quelle jolie conversation sur l'oreiller.

Il leva un sourcil et elle s'empressa de lui donner son appareil, posé sur la table basse.

Il sortit le sien aussi, pianota un peu.

— Qu'est-ce que tu fais ?

— Un cadeau, dit-il en le lui rendant.

Une application de suivi GPS était ouverte sur l'écran.

— Maintenant, nous pouvons nous retrouver.

— Ah oui ?

Elle sourit, réchauffée qu'il ait pensé à quelque chose d'aussi simple.

— Mais au cas où tu te le demanderais, ajouta-t-elle, je n'ai pas envie de devoir te chercher. Je veux que tu restes près de moi.

Il soutint son regard un moment et elle commença à s'inquiéter d'en avoir trop dit. Enfin, il esquissa un sourire langoureux.

— Ma belle, dit-il, c'est exactement ce que je veux, moi aussi.

NEUF

Taylor se réveilla au paradis. Ou, pour être plus précise, avec des arômes de café et de bacon. Pour elle, c'était tout aussi divin.

Elle enfila un peignoir, puis se dirigea pieds nus vers la cuisine, où elle trouva Landon en train de retourner le bacon dans une grande poêle avec une spatule.

— Quel beau tableau, dit-elle en s'approchant derrière lui pour le prendre dans ses bras.

Il se retourna et l'enveloppa du regard, alors qu'un lent sourire apparaissait sur ses lèvres.

— Bonjour, ma belle. Je pourrais m'y habituer, tu sais.

— Moi aussi, admit-elle, son corps rougissant sous l'intensité de son regard.

Ces mots étaient effrayants, mais vrais. Cet homme avait changé quelque chose en elle. Comme s'il y avait eu une réaction chimique entre eux, comme si toute son existence et toutes ses craintes avaient changé au cours de la nuit. Maintenant, elle avait l'impression d'avoir un chemin tout tracé au travers des ténèbres avec Landon à ses côtés. Effrayant et imprécis, mais agréable aussi. Une petite pousse se frayant un passage dans une fissure du béton.

Du pouce, il caressait sa lèvre inférieure.

— Un baiser pour savoir à quoi tu penses ?

— C'était exactement à ça que je pensais, admit-elle, relevant la tête pour un baiser plein de tendresse.

Lorsqu'ils se séparèrent, elle souriait.

— Tricheur, dit-elle. Tu as chipé des morceaux de bacon.

— Oui, avoua-t-il en prenant un morceau pour le lui mettre dans la bouche.

Il l'embrassa rapidement ensuite, puis recula avec des étoiles dans les yeux.

— Délicieux.

— Je te renvoie le compliment.

Il se tourna vers la gazinière pour retourner le

bacon et sortit une autre poêle afin de préparer les œufs brouillés.

— J'ai reçu des coups de fil à propos de Beau, lui annonça-t-il. Je devrais avoir des nouvelles dans la journée. En attendant, je pensais qu'on...

— Attends, l'interrompit-elle en posant sa main dans son dos. J'ai une demande.

Il éteignit les feux sous les poêles, puis il se retourna pour lui faire face.

— Je voudrais seulement... Enfin, je veux dire, oh, et puis merde. Est-ce qu'on peut faire semblant que rien de tout cela n'existe ? Au moins jusqu'à ce que tu aies des nouvelles ? Je veux... enfin, pour être honnête je voudrais seulement passer du temps avec toi. Manger le petit-déjeuner que tu nous as préparé, se faire des câlins sur le canapé, peut-être lire. Regarder la télévision. Et plus tard, on pourrait aller au *Fix* et récupérer ma voiture. Tu vois, des choses normales. C'est possible ? Je veux dire, si tu prévois de rester avec moi, et...

Elle ne termina pas sa phrase, redoutant d'avoir tiré des plans sur la comète. Quand elle vit la joie illuminer ses superbes yeux, elle sut quelle serait sa réponse et son sourire s'épanouit lorsqu'il dit :

— Ma belle, je pense que c'est parfait.

Comme ils avaient dormi tard, il était plus de
dix heures quand ils atterrirent sur le canapé
avec leurs assiettes du petit-déjeuner sur la table
basse devant eux. Quand Landon sortit chercher
le journal sur le paillasson, il y trouva Monsieur
Tacheté, qui avait passé la nuit là, et il le fit
entrer. Le chat s'installa entre eux sur le canapé,
grignotant les morceaux de bacon qu'ils lui
donnaient.

Ensuite, Taylor se blottit avec un roman classique de Julie Garwood, et Landon se refit l'inté-
grale de la première saison de *Game of Thrones*.
Lorsqu'elle se releva pour remplir sa tasse de
café, elle revint avec deux Mimosas et lui fit un
clin d'œil. C'était vendredi, mais elle avait l'impression d'être déjà en week-end, s'offrant une
matinée de luxe à ne rien faire. Plus que ça, tout
lui paraissait normal.

Non, avec Landon à ses côtés, c'était spécial.

Je pourrais m'y habituer, avait-il dit. Oui, elle
aussi.

Malgré leur paresse, la journée passa à toute
vitesse et quand le téléphone de Landon sonna,
elle constata qu'il était presque dix-sept heures.

Il le prit et articula silencieusement « Beau »

pour lui indiquer que c'était l'un de ses contacts, mais elle ne parvint pas à comprendre ce qui se disait à partir des réponses monosyllabiques de la conversation.

— Alors ? demanda-t-elle une fois qu'il eut raccroché.

— Le gros lot. Ton Monsieur Harkness croule sous les mandats d'arrêt. Si nous arrivons à lui mettre la main dessus, non seulement il sera renvoyé en Arkansas, mais nous pouvons être certains qu'il passera un long moment derrière les barreaux.

Le soulagement la submergea.

— C'est merveilleux.

Il hocha la tête en signe de confirmation.

— Oui, dit-il avant de se lever du canapé pour s'asseoir sur la table basse devant elle, mais ce serait beaucoup mieux si tu déposais plainte. Comme si c'était une enquête officielle. Je pourrais mettre une équipe sur le coup. Je pourrais faire bouger les choses.

Une sensation glacée remplaça le soulagement qu'elle avait ressenti et elle secoua la tête, posant le verre de Mimosa qu'elle portait à ses lèvres pour éviter qu'il ne remarque le tremblement de ses mains.

— Non, murmura-t-elle. Je suis désolée, mais non.

Elle vit les émotions se succéder sur son visage. L'hébétude. La frustration. La détermination.

— Il faut que tu me parles, Taylor. Tu dois me dire ce qu'il se passe d'autre.

Mais elle continua de secouer la tête avant de se lever.

— S'il te plaît. Pas de police. Seulement toi. Si tu tiens un peu à moi, alors s'il te plaît, fais-moi confiance.

Il sembla sur le point d'objecter, mais au lieu de ça, il acquiesça.

— Cette conversation n'est pas terminée.

— Je sais.

En tout cas, elle l'était pour le moment. Ça lui convenait.

— Tu veux aller au *Fix* ? J'aimerais sortir ma voiture du parking. Et on pourrait manger un morceau.

— Bien sûr.

Ce fut le retour à la normale de leur belle journée. Ils étaient un couple qui sortait manger. Elle s'attendait presque à ce qu'il lui demande de ne rien dire sur eux deux lorsqu'ils croiseraient des amis – ce qui, bien sûr, allait arriver. Mais il ne dit rien. Au contraire, il lui prit la main quand ils marchèrent de la voiture, garée dans la rue, jusqu'à la porte du *Fix* toute en bois et en verre. Il posa la main au bas de son dos quand ils entrèrent ensemble.

Une fois à l'intérieur, ils trouvèrent une table pour deux près de la fenêtre et ils commandèrent des rouleaux au homard. Pendant qu'ils attendaient leur plat, Landon partit à l'arrière afin de discuter avec Brent. Dès qu'il eut disparu, Mina se percha sur sa chaise et Megan en approcha une autre.

— Alors ? demanda Mina.

— Pourquoi tu n'es pas au travail ? contre-carra Taylor.

Elle éluda la question d'un geste de la main.

— J'ai fini à dix-sept heures pile. Je rencontre un réalisateur ici pour le dîner. Ce n'est pas la question. Qu'est-ce qu'il y a entre Landon et toi ?

— Attends, intervint Megan. Je peux savoir pourquoi tu étais au Winston ?

Taylor lui fit un clin d'œil.

— Comment se fait-il que tu aies entendu parler de ça ?

Megan leva les yeux au ciel.

— Le monde est petit, tu ne l'avais pas remarqué ? J'étais au Winston avec un directeur de conférence. Le *Fix* va sponsoriser une foire de restaurateurs en octobre et Derek a fait des arrangements pour que l'hôtel fournisse les locaux nécessaires, ajouta-t-elle devant le regard interrogateur de Taylor. Amanda était là et on a commencé à parler et...

— Des commérages en entraînant d'autres, conclut Taylor. Oui, j'ai compris. C'est une longue histoire, mais en bref, il y a un mec qui s'intéressait à moi avant que je vienne au Texas, et il me harcèle.

— Merde, souffla Megan.

— Ça résume bien les choses, admit Taylor.

— Et Landon est son chevalier servant, gazouilla Mina. Alors... ?

Taylor sourit et s'éclaircit la gorge. Elle arqua un sourcil espiègle et les deux filles poussèrent des cris d'excitation.

— Est-ce que tu as... Tu sais ? fit Mina.

— Une fille ne révèle jamais quand elle fait *tu sais quoi*, lança Taylor.

Ensemble, elles éclatèrent de rire, puis elles se penchèrent les unes vers les autres pour plus de potins.

Heureusement, Taylor fut sauvée par l'arrivée de Landon et du repas.

— Qu'est-ce que j'ai raté ? demanda-t-il, déclenchant un échange de regards entre Mina et Megan, qui recommencèrent à glousser.

Il reporta alors son attention vers Taylor en levant un sourcil. Elle se contenta de battre des cils et lui renvoya un baiser.

Ils restèrent un peu après avoir mangé, à discuter avec toutes les personnes qu'ils connaissaient. Puis ils se dirigèrent vers sa voiture. Elle voulait demander à Landon quelles seraient les dispositions pour la nuit maintenant qu'elle était en sécurité dans son appartement et qu'elle avait à nouveau sa voiture. Même si elle n'avait pas encore pris le système en main et qu'elle ne connaissait pas tous les codes et mots de passe. Elle savait que Landon ne la laisserait pas tant que ce ne serait pas fait.

Elle avait envie de savoir, mais la question semblait si directe, d'autant plus qu'elle connaissait déjà la réponse qu'elle espérait : Landon chez elle et un week-end aussi agréable et détendu que la matinée qu'ils avaient partagée ensemble.

Elle avait presque trouvé le courage

d'aborder le sujet quand ils atteignirent le parking.

— Celle-là, dit-elle en désignant sa Corolla garée sous un réverbère dont l'ampoule avait grillé.

En s'approchant, elle fut prise d'un mauvais pressentiment. Landon tendit le bras pour la maintenir en arrière et elle comprit qu'elle n'était pas la seule. Une fois à quelques mètres, elle se rendit compte qu'elle marchait sur du verre.

— Le lampadaire, murmura-t-il. Quelqu'un l'a brisé.

Elle leva les yeux et constata qu'il avait raison. L'ampoule et la protection avaient disparu, remplacées par des débris. Le verre et le plastique crissaient sous ses pieds.

— Donne-moi tes clés.

Aussitôt, il ouvrit la portière du côté conducteur. L'odeur la saisit immédiatement aux narines. Une odeur répugnante de pourriture. De la viande en décomposition était étalée à l'avant de sa voiture et entassée sur la banquette arrière. Avec la chaleur de l'été, elle grouillait déjà de vers.

Elle eut un haut-le-cœur, puis elle se détourna, réprimant sa nausée.

Derrière elle, Landon claqua la portière. Un instant plus tard, il avait passé les bras autour d'elle et l'avait attirée contre lui, la tête enfouie sur son torse.

— Il y avait un message aussi. Sous l'essuie-glace. C'est écrit : *Chair Morte.*

— Oh, mon Dieu.

— Nous allons porter plainte pour ça, affirma-t-il. Pas de discussion. Et tu restes chez moi ce soir. Pas de discussion sur ce point non plus.

Elle opina, paralysée.

Doucement, il l'écarta pour regarder son visage.

— Taylor, ma belle, est-ce que ça va ?

Elle secoua la tête.

— Non, murmura-t-elle. Pas du tout.

DIX

Landon félicita Taylor d'avoir fait sa déposition à l'inspecteur Sanchez sans omissions ni obscurcissements. En réalité, elle n'avait fait que dresser une liste de faits. La voiture avait été vandalisée, elle était presque certaine de savoir qui était le coupable, mais étant donné qu'elle était restée muette jusque-là, il avait craint qu'elle se referme.

Pourtant, elle avait tenu bon, et il s'en réjouissait.

Elle ne s'était toujours pas complètement ouverte à lui et il était terrifié à l'idée qu'en gardant ses secrets, elle nuise à sa propre sécurité.

Il ralentit au niveau d'un stop, à l'intersection de Chicon et de la 7e, et en profita pour jeter un œil vers elle. Elle avait la tête en arrière, les yeux fermés et les mains jointes sur ses genoux. Elle était épouvantée et il le comprenait. Qui ne le serait pas avec une quantité industrielle de viande avariée dans sa voiture. Mais ce qui lui faisait plus mal qu'il ne voulait l'admettre, c'était qu'elle ne lui avait pas fait suffisamment confiance pour lui raconter toute l'histoire.

Pendant la majeure partie du trajet, il avait essayé de se convaincre que c'était de la frustration, parce qu'elle rendait son travail plus difficile. Même si c'était en partie vrai, ce n'était pas le cœur du problème. Non, la frustration de Landon n'était pas de nature professionnelle, mais personnelle. Il *voulait* qu'elle lui fasse confiance.

Il la voulait, elle.

Plus que tout, il voulait qu'elle soit en sécurité. Et maintenant que Beau aggravait ses tourments, Landon était de plus en plus inquiet.

Et déterminé, aussi. Il clouerait ce fils de pute à un mur, mais il avait besoin que Taylor l'aide pour ça. Il avait besoin de sa confiance. Bon sang, et si elle était comme Vanessa ?

Oh, merde.

Il tourna à gauche sur Chicon, irrité que son

ex-femme soit réapparue dans ses pensées ne serait-ce qu'une seconde. C'était de l'histoire ancienne, et tant mieux. Après cinq ans sans elle, il n'y pensait presque plus. Elle était fascinée par son métier, mais c'était aussi ce qui avait causé leur perte. Elle travaillait au palais de justice et elle savait quels dangers les policiers encouraient. Elle était parfaitement consciente de ce qu'il faisait et de son amour pour son travail.

Pourtant, au cours de leur première année de mariage, elle était devenue de plus en plus frileuse. Ils se disputaient presque tous les jours quand il quittait la maison pour aller faire ses heures. Après six mois de mariage, elle avait transféré sur elle la peur qu'elle éprouvait pour lui, convaincue que le mal qu'il traquait dans les rues viendrait la poursuivre.

C'était une éventualité, mais ce ne serait probablement pas le cas. Quoi qu'il en soit, il l'avait suppliée de lui faire confiance. De croire qu'il pouvait la protéger.

Malheureusement, elle était partie dans une spirale insensée, certaine que le poids du monde criminel se reporterait sur elle.

Le conseiller conjugal n'avait pas aidé. Pas plus que la communication.

Finalement, ils avaient tous les deux réalisé que ses peurs à propos de son incapacité à la protéger reflétaient un manque de confiance chronique qui avait perduré tout au long de leur mariage.

Il avait besoin que sa femme ait confiance en lui. Et elle, elle avait besoin de... de quoi, au juste ? Il n'en savait rien. En réalité, ils n'avaient jamais eu de connexion. Ils n'avaient jamais connu cette confiance.

Elle avait détruit leur couple, et après dix-huit mois, ils avaient divorcé.

Maintenant, Taylor ne lui faisait pas confiance non plus. C'était du déjà vu pour lui.

Non, ce n'était pas le cas.

Il ralentit la voiture pour tourner à droite sur la 16e Est, apaisé par la voix de la raison qui s'infiltrait entre les brèches dans son cerveau.

Ce n'était pas la même chose. Pas vraiment. Pas du tout même.

Vanessa n'avait pas voulu lui faire confiance, mais il s'agissait d'une peur générale, tournée vers aucun danger en particulier. Taylor, elle, avait une vraie raison d'avoir peur et elle lui en avait dit suffisamment pour identifier la personne qui la harcelait et pour prendre des mesures d'éloignement.

Il ne savait pas ce qu'elle cachait, sur quel point elle ne lui faisait pas confiance, mais il avait bien conscience que c'était une véritable peur qui se cachait derrière son silence.

Sans compter qu'elle lui avait fait plus confiance dans les quelques jours qui venaient de s'écouler que Vanessa pendant toute la période où ils avaient été ensemble.

Rasséréné, il tourna à droite dans l'allée de son bungalow. C'était une petite maison de cent dix mètres carrés, mais il était tombé sous son charme, avec ses lignes épurées et son architecture des années trente. Le quartier n'était qu'à quelques kilomètres de son lieu de naissance, d'où il avait fui. C'était agréable d'y revenir avec de l'argent pour acheter quelque chose. De rénover. De vivre dans un voisinage qui reprenait vie, cette fois, sans les gangs violents ni la drogue à chaque coin de rue.

Un de ces jours, il finirait peut-être de rénover cet endroit.

Il sourit en éteignant le moteur. À ce moment-là, il devrait peut-être déménager. Parce qu'il devait l'admettre, le travail était l'un de ses plus grands plaisirs. Le travail manuel soulageait le stress.

Jetant un regard en biais à Taylor, maintenant endormie sur le siège passager, il ressentit un tiraillement agréable dans sa poitrine. Il y avait d'autres moyens de soulager le stress. Et même si elle semblait incroyablement détendue, il avait le sentiment qu'après la journée qu'elle avait passée, un verre de vin et quelques douceurs entre les draps constitueraient la soirée idéale.

Lentement, il lui caressa la joue.

— Salut, la Belle au Bois Dormant. On est arrivés.

Elle s'étira, puis ouvrit les yeux. Pendant une fraction de seconde, la confusion colora son visage, aussitôt remplacée par le plaisir. Et il crut y voir du soulagement, aussi.

— Tu es là.

Son sourire illumina son cœur.

— Où voudrais-tu que je sois ?

Elle secoua la tête, comme si elle essayait de se débarrasser d'une pensée.

— Dans un rêve, dit-elle. Je suis toujours dans les vapes. C'est chez toi, ici ?

Elle se tourna pour regarder la façade de sa

petite maison bleue, avec le porche blanc et des jardinières de fleurs bariolées suspendues à la fenêtre. Il ne se rappelait pas le nom des fleurs, mais il les avait achetées au magasin de bricolage parce qu'elles lui semblaient gaies.

La pelouse était tondue et un grand noyer de pécan projetait son ombre sur l'allée. Juste devant sa voiture se trouvait un garage à part, bâtiment un peu délabré qu'il utilisait comme atelier.

— C'est petit, dit-il, mais c'est à moi.

Elle se tourna pour lui faire face.

— C'est absolument charmant. Je peux voir l'intérieur ?

— C'est pour ça que nous sommes ici, dit-il en riant. Viens.

Il contourna la voiture et lui ouvrit la portière, puis la guida jusque sur le porche. Là, il déverrouilla la porte. L'instant d'après, il se plaçait devant elle, son arme au poing.

Fils de pute !

La fenêtre sur le côté était cassée et un liquide rouge était étalé sur son parquet nouvellement poncé et rénové. De la peinture, comprit-il à l'odeur. Il se sentit furieusement soulagé que ce ne soit pas du sang.

Au milieu de la peinture, il vit le message,
écrit avec son balai abandonné près
des dégâts. *Elle est à moi.*

Elle est à moi.

Les mots résonnaient dans la tête de Taylor,
emplissant sa tête, lui donnant le tournis. Elle
avait envie de s'effondrer sur le sol, mais
Landon lui ordonna de rester derrière lui
pendant qu'il inspectait toutes les pièces,
chaque placard, chaque coin et recoin de sa
maison.

C'était une maison adorable. Charmante et
confortable.

Et maintenant, elle avait été souillée. Tout ça
à cause d'elle.

Lorsqu'ils eurent terminé les vérifications, il
s'assit avec elle à la table de la cuisine et lui
prépara une tasse de chocolat chaud. Elle prit la
tasse à deux mains et but une gorgée. Ça ne l'aidait pas à se sentir mieux. À ce moment précis,
elle ne ressentait plus rien.

— Je suis désolée, murmura-t-elle.

— Ce n'est pas ta faute, rétorqua-t-il en

prenant une chaise en face d'elle. D'un côté, ça a du bon.

Elle ricana à ces mots, d'une voix stridente qui lui parut hystérique.

— Oui, c'est franchement génial.

Il prit sa main et la serra. Il avait besoin de cette connexion.

— Ça veut dire qu'il te surveille. Et s'il te surveille, nous pouvons l'attraper. Nous devons seulement regarder dans la bonne direction.

— Vraiment ?

Son regard dur et déterminé croisa le sien.

— On va y arriver.

— Je m'en veux que...

— Non.

Ses mots étaient péremptoires et il serra un peu plus sa main.

— Je ne veux plus que tu penses comme ça, lui dit-il avant de prendre une inspiration. Allez, viens. Nous allons ailleurs.

— Où ça ?

— Où va un homme de trente-six ans quand il faut évacuer sa maison ? demanda-t-il en souriant. Exactement, ma belle. Je t'emmène chez mes parents.

ONZE

— Tes parents sont fantastiques, dit Taylor après avoir été accueillie par Gayle et Harvey Bartlet.

Elle avait cuisiné Landon sur la route pour s'assurer que les problèmes qui semblaient la poursuivre comme son ombre ne risqueraient pas de déteindre sur leur vie. Il lui avait juré que leur maison était isolée, avec un portail et un excellent système de sécurité. De plus, comme il n'avait jamais été officiellement adopté, Beau aurait besoin de creuser pour trouver un quelconque lien entre Landon et les Bartlett.

Rassurée, elle s'autorisa à se détendre. Et le fait qu'il ait décidé de la présenter comme sa petite amie, et non pas en tant que victime en péril, l'épargnerait de devoir parler de Beau et du

merdier qu'il avait causé. La soirée chez les Bartlett était donc détendue, garantie sans
mélodrames.

Harvey mélangeait des cocktails derrière son
bar en chêne, situé dans leur salle de jeu du rez-
de-chaussée, pendant que Gayle se faufilait dans
la cuisine pour rassembler « quelques trucs à
grignoter ».

— Ça veut dire un autre dîner, souffla
Landon en échangeant un regard entendu avec
son père.

— Ma Gayle n'est pas satisfaite si tout le
monde n'est pas bien nourri.

— Ça me va, admit Taylor.

De temps en temps, elle évitait les glucides,
mais dans l'ensemble, elle adorait manger.

— Surtout maintenant que j'ai goûté à ses
talents culinaires. C'étaient les meilleures
lasagnes que j'aie jamais mangées.

— C'est son incontournable, quand nous
avons des invités inattendus, lui révéla le vieil
homme avec un clin d'œil. Et inattendus ne veut
pas dire indésirables !

— Merci encore de nous laisser dormir ici, dit
Landon en enchaînant avec l'histoire qu'ils
avaient planifiée. Je n'ai pas réfléchi quand j'ai dit

à Taylor qu'elle pouvait dormir chez moi pendant que son appartement était sous fumigène. Mais puisque je viens de vernir mon parquet, ça n'aurait pas fonctionné.

— Tu plaisantes ? Tu es toujours le bienvenu. En plus, on aurait peut-être dû attendre des semaines avant que tu passes nous présenter ta jeune dame.

Il adressa un grand sourire à Taylor.

— Et ça aurait été bien dommage.

Il s'approcha d'elle avec un verre à ballon.

— C'est un Old Fashioned. Mon préféré. Trop sucré pour certains, mais dis-moi si tu veux autre chose.

— Merci. Je suis certaine que je vais adorer.

Elle avait déjà bu ce cocktail à base de whisky auparavant et il figurait dans ses préférés. Elle prit une gorgée avec plaisir pendant que Harvey donnait un autre verre à Landon.

Les deux hommes n'auraient pas pu être plus différents. Ils étaient tous les deux grands, mais Harvey était aussi pâle que Landon était foncé. Si le corps de Landon était un solide bloc de muscles, Harvey semblait proche génétiquement de l'épouvantail dans le *Magicien d'Oz*. Ses membres frêles n'étaient pas la seule différence

non plus. Il avait des cheveux en bataille, couleur
de paille, qui partaient dans toutes les directions.
Sans mentionner sa personnalité qui forçait l'affection.

Taylor l'avait aimé tout de suite.

Et si Harvey et Landon étaient différents,
Harvey et sa femme étaient la preuve que les
opposés s'attirent.

Belle femme noire d'une petite soixantaine
d'années, Gayle Bartlett avait des courbes qui
auraient rivalisé avec celles de Marilyn Monroe.
Elle se déplaçait avec une telle grâce qu'elle
donnait l'impression de flotter. Elle avait le
même regard chaleureux que Landon.

Ce qu'ils avaient en commun, en tout cas,
c'était leur amour évident pour leur fils et leurs
personnalités accueillantes.

Entre les collations et la conversation, la
soirée se passa sans écueil, et quand les Bartlett
prirent congé pour la nuit et montèrent dans leur
chambre, Taylor se sentait parfaitement à l'aise.

— Est-ce que tu crois qu'ils m'adopteraient ?
demanda-t-elle.

— Tu serais ma petite sœur, en quelque sorte,
précisa Landon en l'attirant sur ses genoux. Et je
n'aime pas cette idée.

Il l'embrassa d'une façon qui n'avait rien de fraternel.

— Hmm. Tu marques un point.

Se laissant aller contre lui, elle soupira.

— Merci de m'avoir amenée ici. La journée a été difficile. Mais tu l'as améliorée.

— Viens, dit-il en se levant, Taylor blottie contre lui.

Elle ferma les bras autour de son cou et il la transporta dans sa chambre, toujours décorée comme lorsqu'il était adolescent.

— Arts martiaux. Baseball. Marvel, dit-elle en regardant les murs.

— Que veux-tu que je te dise ? J'étais un gamin assez cool.

— Et un homme incroyable.

Il l'allongea sur le lit et lui conseilla de se détendre. Lentement, il la déshabilla. Même si elle essayait de le toucher, il insista pour qu'elle reste immobile.

— Ce soir, c'est pour toi, dit-il avant de caresser sa peau nue.

Le contact de ses mains, rugueuses à cause des travaux qu'il réalisait chez lui, lui arracha un gémissement et éveilla ses sens. En silence, elle écarta les cuisses, puis soupira de plaisir quand il comprit l'invitation. Ses doigts jouaient avec elle et l'attisaient, lui laissant entrevoir des caresses plus intimes.

— S'il te plaît, murmura-t-elle, mais il ne dit rien.

Il se plaça plutôt entre ses jambes, son corps ferme au-dessus d'elle. Il l'embrassa sur la bouche, mordilla sa lèvre inférieure avant de descendre, excitant son corps par une série de baisers, de plus en plus bas jusqu'à ce que les muscles de son ventre frémissent, dans l'attente, et que son sexe palpite de désir.

Enfin, Dieu merci, sa bouche se referma sur elle et sa langue s'enfonça entre ses cuisses alors qu'elle se cambrait, les veines parcourues d'électricité et les sens en alerte. La fulgurance et l'intensité de son orgasme furent inattendues.

— Oh, mon Dieu, soupira-t-elle. Je ne voulais... C'était incroyable.

Il remonta le long de son corps pour l'embrasser tendrement.

— Quelqu'un avait besoin de soulager son stress.

— Hmm. En effet.

L'épuisement commençait à la gagner. Elle voulait lui rendre la pareille, mais elle pouvait à peine garder les yeux ouverts. Ça avait été une rude journée.

— C'est bon, murmura-t-il. Je veille sur toi.

Convaincue et rassurée, elle ferma les yeux et se laissa glisser dans le noir.

Il était plus de minuit quand Taylor se réveilla en sursaut, un cri étranglé dans sa gorge.

Son rêve était horrible. Beau les avait trouvés. Il l'avait enlevée. Il avait torturé les Bartlett.

Et sous son regard, il avait tué Landon.

Elle leur avait amené le diable !

Elle aurait dû se montrer plus maline. Elle savait ce dont Beau était capable. Et elle savait très bien qu'elle aurait dû s'enfuir hors de sa portée au premier indice lui laissant entendre qu'il était sur sa piste.

Elle ne l'avait pas fait. Elle était restée.

Elle allait entraîner dans son malheur beaucoup de personnes innocentes à qui elle tenait. Des personnes qu'elle aimait.

Qu'elle aimait.

Elle ferma les yeux et l'image de Landon lui apparut.

Est-ce qu'elle l'aimait ? Était-ce possible, après si peu de temps ?

Elle en doutait, pourtant son cœur lui disait autre chose. Cet homme s'était infiltré à l'intérieur. Il s'était fait une place. Elle le voulait, lui. Plus que cela, elle avait besoin de lui. Si ce n'était pas de l'amour, alors elle ne savait pas ce que c'était.

Au bout du compte, aucune importance. Elle n'allait pas risquer sa vie. Pas alors qu'elle pouvait arranger les choses. Les faire disparaître.

Silencieusement, elle sortit du lit. Des larmes coulaient sur ses joues alors qu'elle s'habillait, puis quittait la chambre sur la pointe des pieds.

Elle sortit sans difficulté et commença à s'éloigner dans l'allée en direction du portail au bout de la propriété. La jolie maison en calcaire trônait sur un terrain de deux hectares à l'extérieur de Dripping Spring, une ville de la périphérie d'Austin. La propriété était entourée d'une clôture munie d'un bon système de sécurité, mais elle savait qu'une fois à l'intérieur, il était possible d'en sortir sans déclencher l'alarme. C'était son plan. Quitter le domaine, appeler un Uber et aller à Austin Sud pour trouver Dominic.

Elle jeta un œil à son téléphone et fit défiler

ses messages jusqu'à retrouver ceux de la veille.
Elle l'avait envoyé au cas où. Un filet de sécurité.

Mais il était temps de l'utiliser.

*Taylor : C'est E. Tu es toujours dans les
affaires ?*

*Dominic : Oui. Parle en personne. Tu te
souviens de l'adresse ?*

Taylor : Oui. Je viendrai si j'ai besoin.

Satisfaite, elle hocha la tête en réfléchissant.
Elle irait voir Dominic et il l'aiderait. D'ici
demain, elle serait partie.

Plus de Landon.

Plus d'amis.

Des larmes piquèrent ses yeux à nouveau
alors qu'elle s'arrêtait sur le chemin, à quelques
pas de la sortie pour les piétons.

Était-ce vraiment la solution ?

Pouvait-elle vraiment faire ça ? Laisser
Landon derrière elle ?

Plus important, le voulait-elle ?

La réponse retentit dans sa tête, implacable.
Non !

Elle se figea, le cœur battant. Parce que
c'était le vrai problème, n'est-ce pas ? Elle ne
voulait pas partir. Elle ne voulait plus courir.
Elle voulait rester ici, avec les amis qu'elle

s'était faits, à vivre la vie qu'elle s'était construite.

Elle voulait Landon. Son amitié. Son rire. Son contact.

Évidemment, elle en voulait plus. Ou du moins, elle voulait savoir si ce qui se développait entre eux aurait une chance de s'épanouir.

Elle n'aurait pas cette occasion si elle fuyait.

Et peut-être, seulement peut-être, il pourrait l'aider à mettre fin à tout cela une bonne fois pour toutes.

Lentement, elle commença à faire demi-tour. Elle était toujours terrifiée, mais elle avait une détermination encore plus farouche. Un pas après l'autre, elle rebroussa chemin vers la maison.

Au début, elle regardait le sol en marchant, pour voir où elle mettait les pieds dans l'obscurité. Puis elle leva la tête en percevant un mouvement devant elle. Une ombre.

Elle se figea, prête à se retourner pour détaler, quand elle se rendit compte que c'était Landon. Il accourait dans la nuit, se déplaçant comme une ombre furtive sur le gravier de l'allée jusqu'à se tenir devant elle, à bout de souffle.

— Tu partais, fit-il. Mais plus maintenant ?

— Non. J'ai... J'ai changé d'idée.

Il la dévisagea.

— Pourquoi ?

Elle inspira.

— Beaucoup de raisons, admit-elle, mais la seule qui compte, c'est toi.

Un sourire effleura ses lèvres.

— J'aime cette réponse.

— Je ne voulais pas te réveiller, dit-elle.

— J'avais compris, répondit-il en riant.

— Je voulais passer le portail et continuer mon chemin.

Les yeux de Landon étaient rivés sur les siens.

— J'avais aussi compris ça.

Sa bouche était sèche et elle s'humecta les lèvres.

— Tu m'as poursuivie.

Doucement, il tendit la main pour souligner sa lèvre inférieure avec son pouce. Puis il sortit son téléphone et lui montra le petit point bleu qui la représentait.

— Je serais allé beaucoup plus loin que les limites de la propriété.

— Pourquoi ?

La question était à peine un murmure.

— Je pense que tu sais pourquoi.

Il fit un premier pas vers elle. Le second était rempli de possibilités.

— Est-ce que tu me fais confiance ?

— Oui.

— Alors, tu ne crois pas qu'il serait temps de me parler enfin ?

Il affichait un rictus ironique.

— Si par parler tu veux dire que je mette cartes sur table, alors oui. Il est temps. Je voudrais...

— Quoi ?

— Rien, dit-elle.

Comment pourrait-elle lui dire que sa plus grande peur était qu'il ne veuille plus d'elle une fois qu'il saurait la vérité à son sujet ?

DOUZE

Ils ne retournèrent pas à l'intérieur. Ils s'assirent plutôt sur une balancelle rembourrée à l'écart de la maison, pour ne pas être éclairés par la lumière d'ambiance. La nuit était dépourvue de lune, et les ténèbres les enveloppaient telle une couverture. Seules les étoiles scintillaient, témoins distants de l'histoire qu'elle s'apprêtait à raconter.

Il s'assit bien droit, les pieds au sol pour donner de petites impulsions, les berçant dans un rythme rassurant. Elle était assise le dos contre l'accoudoir et ses pieds nus sur ses cuisses. Il posa une main sur sa cheville et elle se concentra sur ce point de contact. Elle avait besoin de ça pour raconter son histoire. Elle avait beau se sentir prête à partager, elle était heureuse que son visage soit à demi caché par les ombres de la nuit. D'une certaine façon, c'était plus facile de parler dans le noir.

— Je n'ai jamais menti, commença-t-elle, mais je n'ai jamais dit la vérité non plus.

Elle s'arrêta, lui laissant l'occasion de commenter ou de poser une question. Il resta silencieux et elle comprit comment il souhaitait faire. Elle lui raconterait son histoire du début à la fin. Ensuite, il interviendrait.

Avec une grande inspiration, elle recommença.

— C'est Beau qui en a après moi, à l'évidence, mais j'ai vraiment pensé que ça pouvait être Reggie, je ne faisais pas du cinéma. J'y ai pensé parce qu'il y avait des références au théâtre. Et, bien sûr, parce que je connaissais l'alternative, et que je ne pouvais pas croire qu'après autant d'années il me retrouverait.

Elle s'éclaircit la voix.

— Je m'emporte. En tout cas, une fois que nous avons parlé à Reggie, il était clair que Beau m'avait retrouvée. Quand je t'ai dit que c'était un ex flippant, c'était la vérité aussi. Il est flippant, pas de doute. Et c'est un ex, en quelque sorte. Mais pas comme tu penses.

Elle s'arrêta, le regard dans l'obscurité.

— Landon ?

Elle savait qu'il se taisait pour la laisser tout déballer. Mais elle avait besoin d'entendre sa voix.

Il serra doucement son pied dans sa main.

— Je suis là, ma belle. Je t'écoute. Raconte selon la façon qui te paraît la plus facile.

— Il... Je... Ma mère est partie quand j'avais quinze ans. Mon père l'agressait. J'ai grandi avec ses pleurs. En entendant les coups de ceinture contre sa peau.

Sa voix se brisa et elle fit une pause pour prendre une profonde inspiration.

— Mais elle s'est battue à sa manière. Elle a économisé. Depuis le premier jour où il a levé la main sur elle, elle a commencé à cacher de l'argent. Le jour de son départ, elle m'a donné ce qu'elle avait économisé. Neuf mille six cent quatorze dollars et trente-sept cents. C'était en liquide, dans une boîte de métal. Elle m'a montré comment enlever la tuile dans la cuisine pour atteindre la cachette. Puis elle est partie.

— Où ?

— Je ne sais pas. Elle n'est jamais revenue. Elle avait les mains sur les cuisses et maintenant elle y enfonçait ses ongles. Ce fut le pire moment, que sa mère lui dise qu'elle l'aimait. Mais elle était partie sans jamais regarder en arrière. Comme si cette boîte stupide pouvait la remplacer. Comme si cet argent pouvait la protéger contre son père, comme par magie.

Elle avait appris la leçon, en revanche. Les mots « *je t'aime* » ne voulaient rien dire. Son père les avait prononcés. Sa mère les avait prononcés. Et même s'ils étaient complètement opposés, ils avaient tous les deux menti quand ces mots étaient sortis de leur bouche. Avec un amour véritable, sa mère ne serait pas partie comme ça.

Quant à son père... Dale Tucker ne reconnaîtrait jamais l'amour même si on le lui agitait sous le nez.

— Elle m'a seulement laissée avec lui, poursuivit-elle dans un murmure. Même si elle savait ce qu'il ferait. Ce dont il était capable.

— Est-ce qu'il... t'a fait du mal ?

Elle secoua la tête, puis elle lui répondit de vive voix en se rappelant qu'elle était dans l'obscurité.

— Non. Pas comme tu l'entends. Mais ce n'était pas un homme bien. Il dealait de la drogue. Il dealait des armes. Je suis presque sûre qu'il était proxénète. Et il a arnaqué son associé. Même si l'entreprise n'était pas légale.

Les souvenirs affluaient et elle croisa les bras autour de son buste, pour essayer de se maîtriser. Ce fut inefficace. Le passé la submergeait, lui faisait des nœuds dans l'estomac quand elle en ressortait des morceaux pour les partager avec Landon.

— C'était l'argent de la drogue, et son associé, c'était Beau.

— Continue.

Elle entendit le tranchant dans sa voix. Sans doute était-il convaincu que Beau avait tué son père. Mais c'était tellement pire que ça.

— Mon père a refusé de lui rendre l'argent. Et la vérité était que Beau se fichait de l'argent. Il en avait beaucoup. Mais il a vu une occasion d'avoir ce qu'il voulait.

— Quoi ? demanda Landon.

— Moi.

Sa voix se brisa quand elle le dit.

— Il m'avait toujours regardée. Depuis la première fois, quand j'avais dix ans, quand il avait dit à ma mère qu'il aurait sa part sur moi. Ce jour-là, il a dit à mon père qu'il pouvait garder l'argent. Tant qu'il pouvait m'avoir. Alors, mon père m'a donnée.

— Taylor, je ne peux même pas...

— Je me suis enfuie. J'avais à peine seize ans, mais j'ai pris leur argent, avec celui que ma mère m'avait donné, et je suis venue à Austin.

Elle inspira.

— Il y a des gens, tu sais, qui peuvent faire de faux papiers. Aider à se faire une nouvelle vie. J'ai été dans l'entourage de mon père tellement longtemps que je savais comment les trouver. Alors, c'est ce que j'ai fait. La petite Eulalie Tucker est devenue Taylor D'Angelo. J'ai obtenu un permis de conduire. Je me suis inventé des parents. Je me suis inscrite au lycée. Et j'ai tout fait pour tuer ce passé.

À présent, de chaudes larmes dévalaient ses joues.

— C'est pour ça que je ne t'ai rien dit. J'ai gardé ce secret pendant plus de huit ans maintenant. Et l'argent, c'est celui de la drogue. Je l'ai volé. Je savais qu'il était sale, et je l'ai pris. Pire, j'en ai dépensé une partie. Pas beaucoup. Mais j'en ai utilisé pour une partie des frais d'inscription à la fac. Et d'autres choses. Principalement, j'ai utilisé l'argent de ma mère et ce que je gagnais. Il me reste la majeure partie du pactole.

Elle inspira, puis expira lentement.

— Alors, voilà. Je ne suis pas la femme que tu croyais.

— Non, dit-il doucement.

À ce terrible mot, elle en eut le ventre noué.

— Tu es encore plus fantastique.

— Quoi ?

Impossible, elle n'avait pas bien entendu.

— Traverser tout ça ? Survivre ?

— Mais j'ai volé cet argent.

— Je sais. Ça ne change rien pour moi.

— Je...

Ce fut tout ce qu'elle parvint à dire. Elle avait vécu avec ce secret et la culpabilité pendant si longtemps que sa réaction impassible la désarçonna complètement.

— Je ne dis pas que tu peux retirer cet argent et faire le tour de la ville pour t'acheter des voitures et des diamants. Mais il y a beaucoup de circonstances atténuantes dans ce que tu m'as raconté. On parle de combien, au fait ?

— Cent vingt-sept mille.

— Et il en reste combien ?

— Cent dix-sept mille. Et des poussières. Au chaud et bien rangés dans un coffre.

Il rit.

— Presque dix ans, et tu as dépensé seulement dix mille ? Ça alors !

— Je te l'ai dit, j'ai utilisé l'argent de ma mère en premier, et pour obtenir mes faux papiers. Je n'ai jamais, *jamais*, voulu toucher l'argent de mon père. Mais ensuite, j'ai eu besoin de débourser pour mes études. Et mon logement. Et je me suis dit que mon père me devait bien ça. Merde, même si Beau m'avait enlevée, il m'aurait donné un toit.

Elle lui lança un sourire désabusé.

— Enfin, Beau ne verra pas les choses sous cet angle. Ni les flics. *Oh* ! Je veux dire... Merde.

Il partit d'un rire chaud et grave et sa paume se referma un peu plus sur la cheville de Taylor.

— Tu as oublié avec qui tu parlais ?

— Pendant un instant. Oui.

— Ne t'inquiète pas. Je ne vais pas te mettre les menottes. Pas pour ce tas de fric, en tout cas. Mais j'ai en tête d'autres utilisations... aïe !

— Attention, monsieur, ou le prochain coup sera réel.

Elle essayait d'employer un ton sévère, mais elle était incapable de cacher son soulagement.

— Tu ne vas rien faire, réellement ?

— Je vais faire beaucoup de choses, au contraire.

Il lui souleva les jambes, puis il se décala pour venir s'asseoir près de l'accoudoir, la hissant sur ses genoux. Pendant un instant, elle le dévisagea, même si, sans la lune, elle ne pouvait rien lire dans ses yeux. La nuit était trop sombre. Alors, elle posa simplement la tête contre son épaule et laissa le rythme de sa voix l'apaiser.

— Avant tout, je vais retrouver ce connard.

— Bien, murmura-t-elle.

Ses paupières devenaient lourdes maintenant que l'adrénaline retombait.

— Je vais parler à un avocat pour essayer de trouver un arrangement qui te permettra de rendre cet argent à la police de l'Arkansas en échange d'un témoignage contre Beau et ton père.

— Mon père est déjà en prison. J'ai vérifié une fois, pour avoir des nouvelles. Il a tué quelqu'un devant une épicerie. Mais si ça peut le laisser derrière les barreaux plus longtemps, je répéterai cette histoire sordide.

— En un mot, tu seras en règle vis-à-vis de la justice.

La gorge nouée de larmes, elle hocha la tête.

— Beau a saccagé ta maison à cause de moi. Et pourtant, tu es là, à faire ton possible pour m'aider.

Il écarta les cheveux de Taylor de son visage avant de lui caresser la joue.

— Au cas où tu ne l'aurais pas remarqué, j'ai beaucoup d'affection pour toi.

— Ah, oui ?

— Oui, dit-il, avant de l'embrasser si tendrement qu'elle se remit presque à pleurer.

De joie, cette fois. Parce que, pour la première fois, elle avait vraiment le sentiment de ne pas être toute seule. Et cela lui convenait parfaitement.

TREIZE

Au cours des quelques jours qui suivirent,
Landon ne la quitta pas des yeux.

Il se disait que c'était parce qu'il avait peur
qu'elle soit à nouveau effrayée et qu'elle tente de
s'enfuir, mais la vérité, merveilleuse et réconfor-
tante, c'était qu'il avait la conviction qu'elle ne
partirait pas. Alors, il restait près d'elle, parce
qu'il avait peur que Beau la retrouve sur la
propriété de ses parents.

Là encore, ce n'était pas tout à fait ça.

Non, s'il restait comme un pot de colle, ce
n'était pas parce qu'il craignait pour sa sécurité,
mais simplement parce qu'il était égoïste et qu'il
la voulait près de lui. Il voulait pouvoir tendre la
main et la toucher quand il le souhaitait. La

serrer dans ses bras la nuit. Marcher avec elle, rire avec elle. Tout simplement *être* avec elle.

— Je pense à elle en permanence, avoua-t-il à sa mère.

Gayle s'était contentée de rire.

— Landon Ware, je n'arrive pas à le croire. Tu es enfin amoureux.

Était-ce le cas ?

Il repensa à ses journées, et ses nuits, avec Vanessa. Avec sa femme, c'était plutôt aux nuits que tenait leur relation. Ils partageaient une certaine alchimie, même si avec du recul, cela n'avait rien à voir avec l'intensité qui l'unissait à Taylor. Pour Vanessa, *tout* tournait autour du sexe.

En y repensant maintenant, il ne se rappelait pas une seule véritable conversation avec Vanessa qui n'impliquait pas le sexe, ou ses peurs pour sa sécurité ou la sienne. Avec Taylor, en seulement quelques jours, ils avaient parlé de tout, depuis les émissions télévisées en passant par les rénovations d'une maison et comment procéder pour obtenir une fausse identité. Et de sexe, bien sûr. Même si ce sujet avait tendance à conduire à des démonstrations pratiques plutôt qu'à des réflexions intellectuelles.

Ils discutèrent longuement de la situation, aussi. Même s'ils séjournaient chez les parents de Landon, ils faisaient des excursions quotidiennes à Austin pour passer du temps sur le campus près du département d'art dramatique, ou au centre-ville, au *Fix*. L'idée était d'attirer Beau à l'extérieur, pour bien lui faire comprendre que malgré ses intrusions à domicile, Taylor et Landon étaient un couple. Pourtant, ils restaient sans signe de lui depuis des jours.

L'autre raison de leurs excursions au centre-ville d'Austin était de prendre des nouvelles auprès de ses amis du département de police – toujours rien – et d'organiser un rendez-vous avec Easton Wallace, un important avocat de la ville que connaissaient Taylor et Landon grâce au *Fix*.

Landon se trouvait maintenant à l'accueil du bureau d'Easton, les sourcils froncés devant sa secrétaire qui lui expliquait que l'avocat était en voyage, mais qu'il serait de retour avant la fin de la semaine. Avec cette échéance en tête, Landon prit rendez-vous, demandant à Easton qu'il les retrouve dans l'arrière-salle du *Fix*.

— Pourquoi pas dans son bureau ? demanda

Taylor dans l'ascenseur qui redescendait au rez-
de-chaussée.

— Je tiens à ce qu'on soit en public le plus
possible. On doit à tout prix attirer son attention.

Elle se renfrogna, mais hocha la tête.

Il lui embrassa le front avant que les portes
de l'ascenseur ne s'ouvrent.

— Tu as peur ?

Elle répondit avec un sourire ironique.

— Oui, vraiment, mais je pensais à toutes les
choses que je fais avec toi loin des regards. Tout
ce qu'il faut faire en public, c'est barbant en
comparaison.

Ses paroles embrasèrent un feu dans son
corps, de plus en plus brûlant alors qu'ils retour-
naient vers Dripping Spring. Là, il l'emmena
directement dans son ancienne chambre et il lui
fit tendrement l'amour pendant la majeure partie
de l'après-midi.

Ensuite, tandis qu'ils étaient étendus nus
dans les bras l'un de l'autre, Taylor roula sur le
côté, puis se redressa, un coude sur son torse.

— Ça m'a plu de ne rien faire du tout avec toi
cet après-midi, murmura-t-elle sans le quitter des
yeux.

Il leva la main et caressa ses cheveux soyeux.

Il aimait les voir étalés sur son corps maintenant qu'ils encerclaient son visage, détachés de leur éternelle queue de cheval.

— Moi aussi, admit-il.

Puis elle sourit.

— Je pourrais m'y habituer, dit-il, reprenant les mots qu'il avait prononcés lors de leur première nuit ensemble.

Cette fois, pourtant, ce qu'il voulait dire, c'était *je t'aime*.

Jusqu'au moment où elle rencontra Easton dans un coin tranquille à l'arrière du *Fix*, Taylor avait été terrifiée à la perspective de révéler tous ses secrets à une autre personne que Landon. Mais Easton était arrivé avec son assurance, son sérieux et son costume gris parfaitement taillé, et aussitôt, ses hésitations s'étaient envolées.

Elle l'avait engagé officiellement un peu plus tôt au téléphone ce jour-là, et il avait suggéré que Landon fasse de même, afin qu'ils discutent tous les trois librement des implications légales s'ils voulaient que Landon puisse continuer à l'aider, à présent qu'il savait pour l'argent de la drogue.

— Oh, mon Dieu, fit-elle. C'est une forme de complicité, non ?

Easton avait ri aimablement en lui disant que, pour le moment, il voulait seulement les laisser parler tous les deux sans avoir à brandir constamment la carte du lien privilégié entre avocat et client.

— Et pour cela, Landon aussi doit être mon client.

Maintenant qu'ils étaient au *Fix*, il leur précisa :

— Tout ce que vous me direz maintenant est protégé par ce privilège. Je suis comme une tombe. Alors, vous pouvez tout me dire.

C'était exactement ce qu'il lui fallait pour la calmer. De plus, ils s'étaient assurés que Landon puisse être auprès d'elle pendant ces conversations, si bien que Taylor était détendue et lui faisait entièrement confiance.

Elle ne savait pas à quel point Easton maîtrisait le droit, mais une chose était certaine, il connaissait la nature humaine. Et cela représentait cinquante pour cent du travail.

Après quoi, ce fut facile de se lancer et de lui raconter la même histoire qu'elle avait déjà confiée à Landon. Il lui laissa faire la plus grande

partie de la conversation, l'interrompant seulement pour demander des précisions avant de
prendre des notes dans son bloc-notes à couverture jaune.

Quand elle s'adossa confortablement dans
son siège après avoir terminé, Easton demanda à
Landon les résultats de ses recherches sur les
mandats en suspens.

— Plusieurs dans l'Arkansas. Surtout liés à la
drogue. Mais j'ai reçu un message ce matin. Il a
un mandat en suspens en Louisiane. Pour
meurtre. Apparemment, le procureur avait un
dossier en béton, mais le juge l'a libéré sur parole
avant le procès. Il s'est échappé.

— Si vous l'attrapez, vous êtes pratiquement
certains qu'entre les mandats en Louisiane et en
Arkansas, votre pote Beau va faire un long séjour
à l'ombre.

— Exactement, approuva Landon tout en
prenant la main de Taylor sous la table pour la
serrer. Avec de la chance, il ne reverra pas le ciel
sauf à travers des barreaux ou une clôture.

— Trinquons à ça, dit-elle avant de prendre
une gorgée de la bière qu'elle avait commandée
lorsqu'ils étaient arrivés.

Ils passèrent ensuite à la question de l'argent,

et les pensées d'Easton confirmèrent celles de Landon, si ce n'est qu'il apporta plus de détails. La conclusion était qu'elle devait remettre l'argent, mais qu'elle ne serait pas inculpée parce qu'elle témoignerait contre Beau et son père. Sans mentionner toute l'organisation de Beau.

— Et pour l'argent que j'ai dépensé ?

— J'espère qu'ils considéreront ton témoignage comme assez important pour passer l'éponge, lui dit Easton.

Il reporta son attention vers Landon.

— Pas de signes de Harkness récemment ?

— Rien, et nous venons à Austin, nous nous montrons au *Fix* et sur le campus depuis plus d'une semaine maintenant.

Easton hocha lentement la tête.

— C'est peut-être parce qu'il a abandonné et qu'il est retourné chez lui, mais je n'y crois pas. Il attend le bon moment. Vous devez patienter ou bien l'attirer.

— Nous n'avons pas eu beaucoup de chance à ce niveau-là et je ne sais plus vraiment ce que nous sommes censés faire. Nous déshabiller et batifoler sur la 6ᵉ Rue ?

— Peut-être quelque chose comme ça, dit Landon.

Elle crut qu'il plaisantait, mais quand elle se tourna vers lui pour lui lancer un regard désapprobateur, elle constata qu'il regardait à travers la porte ouverte en direction de la salle principale... et de la scène qui accueillait le concours de l'Homme du Mois.

— Parfait, dit Easton sans perdre un instant. Fais en sorte que Megan t'intègre sur le flyer pour le concours de cette semaine. Comme ça, il saura exactement où tu seras et quand.

— Et si je suis sur cette scène, alors je ne serai pas aux côtés de Taylor.

— Exactement, reprit Easton.

— Euh, allô ? Ce plan n'est pas dangereux pour moi ?

Mais Landon se contenta de sourire.

— Fais-moi confiance, dit-il.

Puisque c'était le cas, elle hocha simplement la tête et dit la seule chose qui lui vint :

— D'accord.

QUATORZE

Taylor s'assit en tailleur sur le lit, son ordinateur sur les cuisses. Elle ne portait qu'une culotte en coton et un t-shirt de la police d'Austin appartenant à Landon. Il était quatorze heures et elle n'avait pas encore brossé ses cheveux et encore moins pensé au maquillage.

Normalement, le mercredi, elle serait sur le point de se dépêcher, de s'habiller pour aller au *Fix* avant dix-sept heures afin d'avoir tout le temps de se préparer pour le concours. Ce soir, en revanche, elle jouait le rôle de l'appât. Pour cette raison, Mina s'occupait une fois de plus de la régie, et Taylor profitait de son après-midi pour feuilleter les petites annonces du *Hollywood*

Reporter, à la recherche d'un emploi potentiel à Los Angeles.

Au cours de la dernière année, cela avait été son occupation favorite, prospecter et fantasmer sur le travail qu'elle pourrait décrocher à New York ou à Los Angeles une fois qu'elle aurait son diplôme.

Dernièrement, cependant, c'est-à-dire depuis Landon, elle était moins enthousiasmée par les annonces de New York et Los Angeles. Celles de la Commission des Films du Texas lui paraissaient soudain plus fascinantes. Il y avait même un poste dans l'entreprise où Mina avait récemment commencé à travailler.

Évidemment, elle allait demander un coup de pouce à son amie.

Ou pas.

En fait, toutes ses perspectives d'avenir avaient changé. Avant, il n'y avait qu'elle, seule au monde même si elle était entourée d'amis. Partir aurait été facile.

Maintenant, cette seule pensée lui faisait mal. Elle ne voulait pas seulement être Taylor. Elle voulait être Landon et Taylor.

Le problème, c'était qu'elle n'était pas convaincue que Landon désire la même chose.

L'affection était réelle entre eux, il n'y avait aucun doute là-dessus. Elle ne remettait pas en question le fait qu'elle était importante à ses yeux. Mais jusqu'où cela irait-il ? Jusqu'à ce qu'ils attrapent Beau ? Jusqu'à ce qu'il reprenne le travail ?

Pour toujours ?

Je vous en prie, faites que ce soit pour toujours.

Elle avait besoin de lui parler, elle le savait. Mais quand ? Pas aujourd'hui. Pas alors qu'ils essayaient de pincer le mec qui avait certaine-ment l'intention de la tuer une fois qu'il l'aurait capturée et ramenée dans l'Arkansas. La dernière chose qu'elle voulait, c'était déconcentrer Landon en lui parlant de leur relation. Il devait être en forme. Il allait gérer toute l'opération, tout en se pavanant à moitié nu sur une scène.

Alors, quand ?

C'était une question à laquelle elle n'avait pas de réponse rapide, mais quand il franchit la porte quelques instants plus tard, vêtu du jean qui lui allait si bien, son torse encore humide de la douche qu'il venait de prendre, sa résolution s'intensifia puissance mille.

Ce soir.

Ils attraperaient Beau, elle l'inviterait dans son appartement pour fêter ça et ils boiraient du vin, ils feraient l'amour. Quand il la serrerait dans ses bras, elle lui dirait qu'elle l'aimait.

Si elle ne mourait pas de nervosité avant ça.

— Est-ce que ça va ?

Il s'assit sur le bord du lit, les sourcils froncés, visiblement soucieux.

— J'ai seulement peur, répondit-elle, lui offrant la vérité qu'il comprendrait.

Il lui prit la main.

— Nous aurons dix policiers en civil sur le site. Et nous n'avons même pas besoin qu'il fasse un mouvement vers toi. Ces mandats d'arrêt suffisent. Tu le vois, tu donnes l'alerte.

— Il se pourrait qu'il ne soit pas là, dit-elle.

— C'est une possibilité, mais je parie qu'il viendra.

Elle l'espérait. Ils avaient fait des kilomètres pour distribuer trois fois le nombre de dépliants habituels à travers la ville.

— Croisons les doigts. J'ouvrirai l'œil. Et toi, tu verras mieux depuis la scène.

Il hocha la tête.

— C'est vrai, mais je n'ai vu que des photos. Tu es notre meilleur espoir, parce qu'il va certainement porter une sorte de déguisement. Ce sera difficile pour moi de le percer à jour, mais plus facile pour toi.

Elle déglutit et hocha la tête. Il avait raison. Même après huit ans, elle reconnaîtrait Beauregard Harkness même s'il était déguisé. Son image était gravée dans son âme.

— J'ai demandé à Reece de déplacer l'une des tables à cocktails près de la scène, continua Landon. Tu pourrais faire semblant d'être éblouie par ma superbe stature et tu monteras sur l'estrade pour avoir une meilleure vue.

Elle sourit.

— Comme une groupie. Génial.

Il tendit la main et tira sur son t-shirt.

— On dirait que tu l'es déjà.

Une vague de honte la submergea.

— Je suis désolée. Je voulais quelque chose de grand et j'ai ouvert un tiroir. Je n'ai pas réfléchi et je...

Il la fit taire par un baiser.

— J'aime bien.

— Ah, oui ? Quoi, exactement ?

— Tout, répondit-il en riant. Ton look avec mon t-shirt. Et le fait que tu sois assez à l'aise pour fouiller dans mes affaires.

Elle le frappa avec le petit oreiller qui soutenait son genou.

— Je n'ai pas fouillé. C'était très bien rangé.

— Il se pourrait que je ne lave pas ce t-shirt pendant des mois, tu sais. Une fois que tu l'enlèveras, il aura ton odeur. Les gars au travail vont se demander pourquoi je me promène avec une érection constante.

— Oh, non. Ne pars pas sur ce sujet. On doit se préparer. Pas le temps pour ça.

— Il y a toujours du temps pour ça.

Elle se pencha en avant et l'embrassa langoureusement, à grand renfort de langue.

— Une fois que tu auras décroché la couronne de Mister Août.

— Alors, ça, je vais faire de mon mieux, du coup.

— Landon ? Ta mère a dit que tu n'étais pas sorti avec beaucoup de filles depuis que Vanessa et toi, vous avez divorcé.

Sans surprise, ses yeux s'agrandirent devant le brusque changement de sujet.

— Ma mère parle trop.

— Ta mère est fantastique.

Elle regrettait déjà d'avoir ouvert la bouche. Parce qu'elle s'orientait décidément vers le sujet qu'elle s'était pourtant promis d'éviter ce soir.

Mais la question de Vanessa la tracassait et c'était sorti tout seul.

Il l'avait mentionnée en passant à Taylor, un jour, quand ils étaient allés pique-niquer au parc Zilker d'Austin. Il était resté très factuel, mais elle avait senti une douleur sous les mots. Et après avoir discuté avec Gayle, elle redoutait qu'il soit définitivement fermé aux relations amoureuses.

Et dans ce cas, qu'est-ce que cela signifierait pour eux deux ?

— Landon ? insista-t-elle devant son silence.

— Ma mère a raison. Chat échaudé craint l'eau froide, je suppose. En plus, j'ai une profession difficile. Elle tend à effrayer toutes les personnes qui cherchent de la stabilité. Tu sais, les personnes saines d'esprit. Quiconque s'accroche dans le filet finit toujours par se libérer et s'enfuir à toutes jambes.

Elle hocha la tête. Malgré elle, elle comprenait. Et elle redoutait que sa vision du monde puisse l'exclure.

Elle cligna des paupières, consciente que les larmes lui montaient aux yeux.

— C'était comme ça avec ma mère, dit-elle, autant parce que c'était vrai que pour camoufler ses larmes. Tu as raison. Les gens ne restent pas. Dès que ça devient difficile, ils vous font défaut.

Sa respiration était tremblotante.

— Mais je suis vraiment désolée pour ta femme.

Il prit sa main et la serra contre son cœur.

— Et moi, je suis désolé pour ta mère, mais Taylor, peu importe ce qui arrive avec Beau, je compte aller jusqu'à la fin. Tu peux prendre ça pour argent comptant.

Elle hocha la tête, ses vilaines larmes ruisselant enfin sur ses joues.

Et pourtant, une grande question persistait, quand exactement sonnerait la fin ? Et après, resteraient-ils ensemble ?

À dix-neuf heures, Taylor était fébrile à force d'attendre, si stressée que même le cocktail pétillant au melon qu'elle sirotait n'arrivait pas à calmer ses nerfs.

À vingt heures, elle était assise à table près de

la scène et serrait la main de Megan si fort qu'elle risquait de lui briser les os.

À vingt heures trente, elle avait froid, même si elle commençait à transpirer. Elle croisa le regard de Landon, qui venait tout juste de s'avancer sur le tapis rouge en tant que concurrent numéro six. Il fit un drôle de discours un peu théâtral sur la protection et le service qu'il devait assurer pour la communauté, tout en s'exhibant à moitié nu, retirant sa chemise sous un chœur de sifflets et d'applaudissements.

Si elle avait été plus attentive, elle aurait pu être jalouse de l'admiration que lui portaient les femmes en comparaison avec les candidats précédents. En l'occurrence, elle le remarqua à peine. Elle pouvait seulement se concentrer sur le signe de tête qu'il lui adressa pour lui indiquer qu'il ne voyait toujours rien. Il affichait la même mine déçue que la sienne. *Aucun signe de Beau.*

À vingt et une heures, elle était tellement frustrée par l'échec de Beau qu'elle n'entendit même pas la maîtresse de cérémonie annoncer que Landon était le grand gagnant, et ce ne fut que lorsque Megan la poussa en avant qu'elle revint à la réalité et commença à applaudir.

Il exécuta le salut habituel, puis il se précipita à ses côtés.

Immédiatement, les femmes aux alentours s'agglutinèrent.

Megan, Dieu merci, les fit partir, demandant à tout le monde de laisser un peu d'espace à Mister Août, qui allait circuler pour les autographes et les photos dans une minute.

— Rien, dit Landon à Taylor. Pas le moindre signe. Merde.

Les lèvres de Taylor lui semblaient craquelées et sèches, son corps glacial. Elle avait été si certaine que son cauchemar s'arrêterait ce soir.

— Je ne peux pas… Je ne veux pas continuer à regarder par-dessus mon épaule.

— Il a peut-être quitté la ville. Il a compris qu'on l'avait à l'œil et il s'est évaporé. Il sait qu'il a un amas de mandats contre lui. S'il se fait attraper, il sera jeté en prison.

— Peut-être.

Il lui prit la main, puis la serra dans la sienne.

— Tu n'as pas l'air convaincue.

Elle soupira.

— S'il est parti, il reviendra. Quand est-ce que ça va se terminer, Landon… ?

Sa voix se brisa et elle se sentit bête. Bon sang, elle voulait vraiment que tout soit *terminé*.

— Je sais, chérie. Mais, nous... *merde*.

Il maudit l'interruption et attrapa son téléphone qui sonnait dans sa poche arrière.

— On est censés les éteindre pendant le concours, mais avec une équipe de dix hommes postés à l'intérieur et à l'extérieur, je voulais être en mesure de prendre les appels.

À présent, il fronçait les sourcils devant l'écran. Il porta le téléphone à son oreille.

— Oui, Sanchez ?

Il garda le silence pendant une minute. Malgré le brouhaha qui régnait dans le bar, Taylor pouvait entendre les battements de son cœur. *Il se passait quelque chose.* Elle ne savait pas quoi, en revanche. Son visage était impassible. Ou du moins, il l'était jusqu'à ce qu'il la regarde. Alors, un grand sourire illumina son visage.

— Chérie, dit-il. On l'a eu.

— *Quoi ?*

Ce cri avait fusé en même temps qu'elle s'élançait dans ses bras. Il la rattrapa et la fit tourner, ratant de peu un des haut-parleurs.

Quand il la posa à nouveau par terre, elle respirait fort, mais elle était folle de joie.

— Raconte-moi.

— L'équipe à l'extérieur l'a identifié et l'a attrapé. Tout en douceur. Ils ont déjà prévenu la Louisiane et l'Arkansas, et il est dans une voiture de patrouille en chemin vers la cellule de détention.

C'était terminé. Elle lui prit le bras, de peur que ses jambes ne soutiennent même plus son poids.

— Je n'arrive pas à le croire.

Il se pencha vers elle, ses lèvres effleurant son oreille.

— Sortons d'ici pour aller fêter ça.

En riant, elle fit quelques pas de danse à reculons.

— Oh, non. Tu dois passer du temps avec ton public qui t'adore. Et moi, ajouta-t-elle avec un clin d'œil, j'ai besoin de temps pour me préparer. Chez moi. Viens quand tu auras fini. Je m'assurerai d'être prête.

Elle se rapprocha, puis se mit sur la pointe des pieds pour l'embrasser, lentement, avec langueur et tendresse.

— Assure-toi d'être prêt, toi aussi, murmura-t-elle.

Puis elle s'en alla après lui avoir lancé un dernier baiser et se précipita dans la rue, désormais en toute sécurité, dans une ville qui lui donnait l'impression d'être à nouveau la sienne.

Elle avait adoré ses journées avec Landon, mais la liberté lui avait manqué, et elle n'avait plus l'impression d'être sous un microscope.

Puisqu'elle n'avait toujours pas de voiture, elle prit un covoiturage jusqu'à la maison, utilisant le court temps de trajet pour réfléchir à la lingerie qu'elle avait chez elle. À moins qu'elle choisisse de l'accueillir nue à la porte.

Elle considérait toutes les possibilités de cette idée formidable quand elle atteignit sa porte et glissa la clé dans la serrure, pour se rappeler qu'elle avait un système de sécurité qu'elle ne savait pas utiliser. Pendant une seconde, elle hésita, puis elle se souvint qu'elle devait revenir avec Landon pour qu'ils puissent activer le système et s'assurer qu'elle connaisse toutes ses options.

Ce qui voulait dire que l'appartement n'avait pas été verrouillé. *Mais*, pensa-t-elle avec joie, cela n'avait pas d'importance puisque le connard

suprême de sa vie était en route vers une longue
existence prospère en prison, où elle espérait
qu'il profiterait du nouveau statut de compagnon
de chambre d'un co-détenu surnommé Brutus.

Avec cette pensée agréable, elle ouvrit la
porte et entra... Le cri qu'elle poussa alors fut si
assourdissant qu'elle se déchira les cordes vocales
lorsque Beauregard Harkness la saisit par la
queue de cheval, glissa une lame froide contre sa
gorge et murmura :

— Salut, ma jolie. Je parie que je t'ai manqué,
hein ?

QUINZE

Il n'y avait aucun doute que les femmes qui s'agglutinaient autour de lui et le suppliaient pour des selfies faisaient du bien à son ego, mais au bout de quinze minutes, Landon en avait assez de toute cette adoration. Il voulait Taylor, et seulement Taylor. Il voulait la tenir, la toucher.

Et surtout, il voulait lui dire qu'il l'aimait. Quelque chose que sa mère avait compris avant lui. Gayle Bartlett était une femme intelligente et elle connaissait son fils. Parce qu'il était fou amoureux. Plus tôt il le lui dirait, plus tôt il saurait si elle ressentait la même chose, et leur vie commune pourrait commencer.

Brent vint le rejoindre et lui donna une tape amicale sur l'épaule.

— Félicitations. Ils ne pouvaient pas voter pour un meilleur gars.

Landon ricana.

— Fais attention à ce que tu dis. Tu sais, tu n'es pas sorti d'affaire. Au bout d'un moment, Jenna et Megan vont te convaincre de te tenir exactement là où je suis maintenant.

— Mais en attendant, j'ai encore ma chemise sur le dos.

Landon leva les yeux au ciel et récupéra la sienne sur la scène. Il était en train de la remettre quand son téléphone sonna et il rata l'appel. Dès qu'il fut de nouveau habillé, il sortit son téléphone et fronça les sourcils en découvrant un appel en absence de Sanchez. Il était sur le point de composer le numéro pour rappeler l'inspecteur quand le téléphone sonna de nouveau.

Il répondit, la peur au ventre.

— Merde, Ware, dit Sanchez. Je viens de l'apprendre. C'est la merde. Il y a eu un accident. Il y a presque une demi-heure, et...

— Beauregard Harkness, le coupa Landon d'une voix tendue. Où est Harkness ?

— C'est ce que je viens de dire, répéta Sanchez. On l'ignore.

Landon s'élança vers la porte, Brent à ses côtés.

— Appelle le central, aboya Landon. Envoie les négociateurs à son appartement. Merde, envoie tout le département là-bas. Je vais appeler Taylor. Avec un peu de chance, elle sera passée faire une course avant de rentrer.

— Je m'en charge, dit Brent. *Vas-y*.

Landon sortit en ordonnant à Siri de composer le numéro de Taylor, priant pour qu'elle ne soit pas rentrée directement chez elle – qu'elle soit partie acheter une bouteille de vin. Du fromage. Une jolie tenue affriolante. N'importe quoi pourvu qu'elle reste loin de son appartement.

Pas de réponse.

Merde.

Sa voiture était équipée d'un gyrophare et il l'activa dès qu'il entra à l'intérieur. Mais il ne pouvait pas survoler les embouteillages et se retrouva coincé entre deux feux de signalisation pendant que les voitures devant lui essayaient de se serrer pour lui laisser un passage.

Trois autres tentatives d'appel. Trois fois la messagerie.

Il frappa le volant si fort qu'il se fit un bleu à la main.

Quand il finit par arriver pratiquement au bout à force d'avancer centimètre par centimètre, alors que la voie était libre juste devant lui, il se retrouva de nouveau coincé. Il lança un chapelet de jurons, puis il se souvint de l'application de suivi GPS. Il pouvait au moins vérifier sa localisation. Et peut-être, seulement peut-être, serait-il rassuré en la sachant en sécurité.

Il ouvrit l'application, appuya sur le bouton et attendit que son téléphone localise le sien.

Rien.

Et puis...

Merde.

Son appartement. Là, plus vrai que nature, sur son écran. Et elle ne répondait pas au téléphone. Et il était coincé dans la circulation.

Fait chier.

Il abandonna sa voiture, courut vers l'intersection, leva son badge et le montra au premier conducteur. C'était un jeune homme en polo de sport, en âge d'être étudiant, qui avait l'air effrayé.

— J'ai besoin d'un service. Je dois aller à deux

kilomètres environ. Aussi vite que possible. C'est compris ?

Le gamin hocha la tête, visiblement fébrile et apeuré.

— *Démarre.*

Il s'empressa d'obtempérer, puis tourna rapidement le volant quand Landon le lui ordonna, faisant crisser ses pneus avant de s'arrêter devant l'un des grands immeubles encadrant celui de Taylor.

— Faites demi-tour ici, lui ordonna Landon. N'allez pas plus loin. C'est une scène de crime active. Et merci, ajouta-t-il alors qu'il se ruait hors de la voiture, l'arme au poing, parcourant la courte distance vers l'immeuble de Taylor.

Il vit Beau à la seconde où il tournait au coin de la longue allée bordée de places de parking. Ce sale connard était debout devant le coffre d'une vieille Chevrolet, probablement volée, et il s'apprêtait à le refermer.

Landon s'avança furtivement et il crut vomir. Le monstre l'avait mise dans le coffre. Mais elle bougeait, elle était en vie.

— *Haut les mains, Harkness,* cria-t-il.

Beau tourna la tête, juste assez pour voir Landon. Le coffre était toujours ouvert et il tenait un grand couteau de cuisine dans sa main au-dessus de l'espace vide, la pointe de la lame dirigée vers Taylor.

— Si tu bouges, cette salope meurt. Tu crois que ça me dérange ? J'ai déjà réussi à lui faire dire où elle a planqué mon fric. C'est fou comme le craquement de ses propres os pousse tout le monde aux aveux.

De la bile monta dans la gorge de Landon.

— Pose le couteau. Éloigne-toi de la voiture.

— Oui, monsieur l'agent.

Il commença lentement à lever les mains, le couteau toujours dans l'une d'elles.

Landon regardait, le doigt sur la détente. Il tuerait ce salaud dans la seconde s'il le fallait, et au fond, il espérait en arriver là, mais il ne pouvait pas le faire si l'homme se rendait réellement.

Brusquement, tout bascula. Il y eut un mouvement rapide, Beau se retourna et le couteau s'abaissa.

Landon tira au moment où son esprit comprit ce qui se passait. Taylor avait lancé ses jambes ligotées et l'avait frappé. Beau avait réagi comme toujours, en attaquant.

La balle de Landon le frappa en plein

mouvement. Une blessure à la poitrine le projeta contre la carrosserie, puis le fit rouler sur le sol dans une mare de son propre sang.

Landon ne se rendit pas compte qu'il avait couru jusqu'à la voiture avant d'y être.

Il jeta un œil dans le coffre et vit le bras de Taylor anormalement retourné et son corps attaché. Mais elle était en vie et elle ne saignait pas. Elle hocha la tête, incapable de parler derrière le bâillon. Il le défit avec précaution, puis s'accroupit pour vérifier les signes vitaux de Beau.

Pas de pouls. Pas de respiration.

Ce connard était mort.

Au loin, il entendit les sirènes approcher. Il ferma les yeux et prit un instant. Il s'en était fallu de peu. Puis il se leva, délia les jambes de Taylor.

— Je laisse tes bras attachés, ma chérie, l'informa-t-il doucement. Je ne veux pas les toucher avant que tu voies un médecin.

Elle acquiesça, le visage tuméfié.

— Je savais que tu viendrais, lui dit-elle de sa voix douce et éraillée. Une intervention musclée, c'est toujours plus intéressant qu'une foule de femmes en chaleur qui bavent sur toi.

Il éclata de rire. Un rire franc.

— Mon Dieu, que je t'aime.

— Je sais, murmura-t-elle, les yeux brillants.
Je t'aime aussi.

Taylor soupira alors que Landon la transportait dans son appartement, tout en faisant attention à son bras qu'ils avaient dû plâtrer à l'ancienne, pour des raisons qui lui échappaient. Même après les horreurs de la dernière fois où elle était venue, c'était agréable d'être chez soi après deux jours entiers à l'hôpital.

Il l'emmena dans la chambre, puis la déposa doucement sur le lit avant de s'asseoir à côté d'elle.

— Je peux aller te chercher quelque chose ?

— Tu es là. De quoi pourrais-je avoir besoin ?

Il lui prit la main, une des rares parties de son corps à ne pas présenter d'hématomes. Beau l'avait battue, puis lui avait cassé un bras en le tordant derrière son dos. La douleur avait été presque insoutenable, mais elle l'avait surmontée, parce qu'elle savait que chaque instant où il la torturait, c'était du temps supplémentaire dont disposait Landon pour arriver.

Elle n'avait jamais douté qu'il viendrait. Pendant les instants terribles avec Beau, elle savait que la seule chose qui comptait pour elle, c'était de retrouver Landon. Tous les débats sur son futur lieu de vie et de travail s'étaient évanouis. Elle voulait seulement être là où il était.

Et lorsqu'il lui avait dit ces trois petits mots, elle avait su pourquoi elle survivait. C'était pour *eux*.

— Dans ce cas, je dois te dire quelque chose.

Ça lui faisait mal de sourire, mais ça en valait la peine.

— En plus de me dire que tu m'aimes ?

— Je te le dirai autant que tu le souhaites. Et ça en fait partie. Je veux un *nous*, Taylor. J'espère que toi aussi.

Elle hocha la tête et elle lut le soulagement dans ses yeux.

— Je sais que tu désires aller à Hollywood. Ou à New York. Quel diplômé des arts dramatiques ne le voudrait pas ? Et je veux que tu saches que nous pouvons faire en sorte que ça marche. Je peux intégrer la sécurité privée. J'ai des contacts aux deux endroits. Alors, ne pense pas que nous sommes liés à mon poste de travail. Je peux bouger. Pour toi, je serai heureux de le faire.

— Mais tu aimes ton métier.

Il acquiesça.

— Je t'aime encore plus.

Son corps lui sembla léger de bonheur.

— Alors, je suppose que nous avons ça en commun.

Elle lui fit un demi-sourire, du côté qui n'était pas endolori.

— Mais je ne veux pas aller à New York ni à Los Angeles, lui dit-elle.

— Mais...

— C'est ce que je voulais avant, poursuivit-elle, mais j'ai changé d'idée.

Il pencha la tête comme s'il ne la croyait pas.

— Vraiment, insista-t-elle. Et ce n'est pas seulement parce que tu aimes ton travail ici. C'est parce que j'aime ma vie ici. Nos amis. Ta jolie petite maison. Tes parents. Quand je suis devenue Taylor, je n'aurais jamais cru que je me ferais des racines ici, pourtant c'est le cas. Je ne veux pas être Eulalie à nouveau. Je ne veux pas repartir de zéro. Pas maintenant, en tout cas. Et Austin offre une tonne d'opportunités à la télévision et dans le cinéma.

Il la dévisageait.

— Tu es sérieuse.

C'était une déclaration, pas une question, mais elle hocha la tête quand même.

— J'y pensais avant que Beau fasse son numéro de film d'horreur, mais ça a renforcé mes résolutions, tu comprends ?

— Oui. Tout à fait.

— Si nous voulons aller sur la côte, nous serons toujours à temps de le faire plus tard. Mais nous pourrons prendre cette décision ensemble.

— Je t'ai dit que je t'aimais, au fait ?

— J'ai cru comprendre quelque chose comme ça.

Elle lui lança un sourire rapide et douloureux.

— Mais sens-toi à l'aise de le répéter autant de fois que tu le voudras.

Avec un soupir, elle pencha la tête en arrière et ferma les yeux.

— Fatiguée ?

Elle acquiesça.

— Et j'ai mal, aussi.

Elle rouvrit les paupières.

— Il n'y a qu'une partie de mon corps qui n'a pas de séquelles, Dieu merci.

Elle frissonna à l'idée que Beau ait pu la toucher sexuellement.

— Mais je ne suis pas en condition pour en profiter.

— Oh, je ne sais pas, fit-il alors d'un ton malicieux pendant que ses doigts s'aventuraient sur la ceinture du pantalon de survêtement trop ample qu'elle avait enfilé pour le trajet entre l'hôpital et la maison.

— Landon, protesta-t-elle. Je ne peux pas... Tu sais... Faire quoi que ce soit pour toi.

Il l'avait à moitié déshabillée, et il s'installait entre ses cuisses, l'air à la fois séducteur et diabolique.

— Ce n'est pas grave. Nous avons toute la vie pour remettre à plus tard. Et puis, j'ai envie de te goûter. Alors, ferme les yeux et aide-moi à te détendre, chérie. Je te promets que mon tour viendra.

Elle n'avait pas la force, ni même le désir, de protester. Elle s'exécuta et ferma les yeux, se laissant porter pendant que la bouche de Landon dansait sur sa peau et que sa langue laissait libre cours à son talent pour l'emmener au septième ciel.

Il avait raison, pensa-t-elle, alors que le plaisir montait en elle, que la douleur s'estompait sous l'effet de l'extase imminente. Ils avaient toute la vie pour faire l'amour.

Dès qu'elle irait mieux, elle avait l'intention d'en profiter.

ÉPILOGUE

La dernière chose qu'Easton voulait après cette nuit inattendue de débauche et de perdition, c'était de se joindre à l'un de ces innombrables bals de charité. Ces événements avaient la double fonction de faciliter les rencontres politiques et d'accrocher des candidats potentiels susceptibles d'être élus, avec autant d'efficacité qu'une recherche sur Tinder.

Puisqu'il pouvait à peine marcher droit aujourd'hui, il avait encore moins envie d'y aller.

C'était le jeune prodige de sa société, l'homme qu'ils présentaient et soutenaient en tant que candidat, et avec leur pouvoir derrière lui, ce serait bien le diable s'il n'arrivait pas à obtenir au moins trois gros soutiens au cours des prochains mois. Idéalement avec des fonds importants.

Ce qui voulait dire que, même si Selma l'avait chevauché jusqu'au bout de la nuit et l'avait asséché jusqu'à la dernière goutte, il devait se rendre à cette soirée pour le travail.

Il inspira, ajusta sa cravate et se jeta dans le chaos de la salle de bal. Immédiatement, une serveuse lui donna un verre de bourbon et il en avala une gorgée. Impressionné par le parfait équilibre de douceur et de piquant, il leva les yeux avec l'intention de lui demander quelle marque de whisky c'était, mais il se figea. Parce qu'elle était là, de l'autre côté de la salle.

Dans la mer de costumes et de robes strictes, Selma Herrington se démarquait. Elle portait un pantalon en cuir moulant avec un débardeur en tricot. Une ceinture rouge accentuait sa taille fine et ses jambes semblaient plus longues grâce aux talons de dix centimètres. Elle portait un soutien-gorge rétro de type corset sous son haut, un look qui ne faisait peut-être ni chaud ni froid aux hommes de l'époque moderne, mais qu'il trouvait terriblement érotique – impression qui lui fut confirmée par la contraction de ses bourses, à la fois à sa vue, mais aussi aux souvenirs de la nuit passée, quand elle ne portait rien d'autre que ce soutien-gorge, des bas et un porte-jarretelles.

Ses lèvres étaient rouge vif et ses cheveux courts hérissés arboraient des pointes roses et vertes.

Elle était terriblement sexy, aussi indomptable qu'un feu de forêt et complètement hors de propos à une telle soirée.

Et elle se dirigeait droit vers lui.

— Salut, mon amant secret, ronronna-t-elle en s'approchant.

— Merde, Selma, baisse d'un ton.

— J'ai beaucoup aimé la nuit dernière.

Il déglutit.

— Moi aussi.

Son sourire était arrogant.

— Je sais.

— Qu'est-ce que tu fais ici ?

Elle leva les sourcils, mais il ne savait pas trop si elle était vexée ou amusée.

— C'est mon whisky que tu bois.

De la tête, elle désigna son verre. Il aurait dû le savoir, bien sûr. C'était la propriétaire de la distillerie la plus florissante d'Austin. D'ailleurs, c'était en partie la raison pour laquelle ils étaient ensemble la nuit dernière.

— Écoute, Selma, je dois me fondre dans la foule. Je vais annoncer ma...

— Rejoins-moi dans les toilettes des dames dans quinze minutes.

Il cligna des paupières, interloqué.

— Quoi ?

Elle se pencha plus près, et heureusement, elle baissa la voix :

— J'ai seulement l'impression que tu n'as jamais baisé dans les toilettes des dames pendant une fête. J'imagine que c'est sur ta liste des choses à faire avant de mourir.

— Selma...

— Je veux ton sexe dans ma bouche, dit-elle – et il en gémit presque. Ou peu importe où tu voudras me le mettre.

Oh, mon Dieu, il était perdu.

— Selma, arrête. Tu sais que je ne peux pas.

Elle haussa une épaule.

— Tu serais surpris de voir tout ce que tu peux faire si tu fais preuve d'imagination. Tu n'en as pas beaucoup, Easton. J'essaie seulement de t'aider.

Elle recula, puis lui envoya un baiser.

— J'y serai dans quinze minutes. J'espère que toi aussi.

— N'y compte pas, répondit-il.

Pourtant, quand il regarda autour de lui, la fête atrocement rasoir... Son esprit se mit à imaginer Selma à genoux, son sexe dans la bouche...

Oh, mon Dieu.

Il n'irait pas.

Il ne pouvait pas.

Mais une petite partie de lui en avait terriblement envie.

Envie d'en découvrir plus ? Voici un extrait du prochain tome de la série *L'Homme du mois...*

Cri du cœur
Mister Septembre

Bulletins d'information de JK

Abonnez-vous à la newsletter de l'édition française de JK pour des informations sur les sorties en français, les apparitions en France, et plus encore. Cliquez ici pour vous abonner afin

de ne rien manquer! (Veuillez noter: la
newsletter sera rédigée à l'aide de Google
Translate (tout comme cette note), mais tous les
livres sont traduits et relus par des
professionnels!)
Newsletter en français:
http://eepurl.com/g8ezqD

Et si vous souhaitez recevoir toutes les actualités
en anglais, vous pouvez vous abonner à la
newsletter de JK en anglais ici:

Newsletter en anglais:
http://eepurl.com/-tfoP

Envie d'en découvrir plus ? Voici un extrait du prochain tome de la série *L'Homme du mois*...

Chapitre premier

— Verdict ? demanda Selma Herrington en penchant la tête pour permettre à Elena Anderson de mieux voir son nouveau tatouage.

Serveuse nouvellement embauchée au *Fix* sur la 6ᵉ rue, Elena était également la fille du propriétaire. Au cours des derniers mois, Selma et Elena s'étaient liées d'amitié autour de leur amour commun pour le whisky, les marchés aux puces et les romans d'amour.

À dix heures du matin, le *Fix* n'avait pas

encore ouvert ses portes, et elles étaient seules toutes les deux dans l'immense bar. Plus tard, à l'heure du déjeuner, l'endroit commencerait à se remplir, et au cours de la soirée, il serait bondé, notamment ce soir-là, car c'était l'élection de l'Homme du Mois, Mister Août. Selma savait que le père d'Elena, Tyree, et ses trois associés avaient lancé ce concours afin d'attirer l'attention sur le bar et d'accroître ses revenus. Même si Selma ne connaissait pas les détails, elle se basait sur la foule qu'elle voyait un mercredi sur deux et le nombre de nouveaux visages chaque fois qu'elle franchissait les portes pour savoir que leur initiative remportait un franc succès.

Pour le moment, elle avait seulement assisté à deux concours de l'Homme du Mois, mais elle était déterminée à venir ce soir, parce que son frère, Matthew, avait entendu dire que l'un de leurs grands amis du lycée, Landon Ware, en ferait partie. Landon, policier de métier, ne semblait pas être du genre à montrer ses abdos sur une scène, et Selma ne pouvait pas s'empêcher de se demander s'il n'y avait pas autre chose. Récemment, alors qu'elle parlait à Tyree dans l'arrière-boutique de sa commande pour deux autres caisses de whisky, elle avait remarqué

Landon avec Taylor, une cliente régulière, également régisseuse pour les spectacles. Elle trouverait peut-être un moment pour l'interroger avant le concours.

Pour le moment, Selma se tenait derrière le bar en chêne verni à côté d'Elena, qui enroulait des couverts dans une serviette en prévision du service. Elle ajouta un autre rouleau à la pile, puis se concentra plus attentivement sur l'épaule de Selma.

— Oh, il est beau, dit-elle avec une admiration sincère.

Elle passa un doigt sous la bretelle du débardeur de Selma, estampillé du logo *Bourbon Molosse*, révélant le feu d'artifice rétro tatoué sur la peau claire de Selma.

— C'est le combientième ? Ton septième tatouage ? Quand l'as-tu fait faire ?

— Le huitième, répondit Selma en passant la main dans ses cheveux noirs coupés court, dont elle avait teint les pointes en bleu cobalt tout récemment. Je l'ai fait faire il y a quelques jours.

— Quel déclencheur ? demanda Elena avec un sourire espiègle.

Ses yeux couleur chocolat pétillaient avec amusement. Grande jeune femme noire aux cheveux courts, à la peau parfaite et aux pommettes hautes, Elena avait une beauté de mannequin. D'ailleurs, Selma essayait de convaincre Elena de faire une séance photo pour elle, dans le cadre de sa prochaine campagne de publicité axée sur les femmes.

Ou du moins, elle *avait essayé* de convaincre Elena. Depuis que Selma avait envie de revendre sa distillerie Molosse d'Austin pour se lancer dans d'autres aventures, la publicité de sa petite production de whisky serait bientôt le problème de quelqu'un d'autre.

Cela dit, Elena serait parfaite sur un panneau publicitaire.

— Selma ?

Les sourcils froncés, Selma chassa ses pensées inopinées.

— Désolée. J'étais perdue dans ma tête. Qu'est-ce que tu me demandais ?

— Qu'est-ce qui a motivé ton tatouage de feu d'artifice ?

Même si elles se connaissaient depuis peu, Selma et Elena étaient devenues incroyablement proches, du moins selon la définition de Selma. Assez proches pour qu'elle lui confie que tous ses tatouages étaient faits sous l'impulsion du moment. Pourtant, elle n'avait jamais partagé ce qu'il y avait derrière chacune de ces impulsions. Rien n'était jamais planifié, et pour Selma, aucun de ses tatouages ne le serait jamais.

— Je fouinais dans Room Service, expliqua-t-elle à Elena en faisant référence à son magasin d'occasion préféré. Et j'ai vu ce dessin sur de la vieille vaisselle vintage. Je l'ai adoré, alors je suis allée chez True Blue Tattoo, sur Airport Boulevard, et voilà, c'était fait avant que je rentre à la maison.

Elle n'avait pas précisé qu'elle avait acheté la vaisselle, aussi. Elle n'avait pas précisé que cette découverte lui avait causé un coup de poignard dans le cœur. Elle ne se souvenait pas de grand-chose de ses premières années, mais elle se rappelait avoir mangé des paninis au fromage avec son frère dans ces assiettes à motifs de feux d'artifice, chez sa grand-mère.

Le souvenir était perdu jusqu'au moment où elle avait vu la vaisselle, mais alors, il l'avait submergée. L'odeur du pain dans la poêle, le grésillement du fromage sur le revêtement chaud, fondant sur les bords. La chanson que fredonnait sa grand-mère, *My Darling Clementine*, pendant qu'elle cuisinait. Avec les blagues incessantes de Matthew, « toc, toc, qui est là ? ».

Ces rares aperçus d'un passé oublié étaient trop précieux pour demeurer perdus. Alors, Selma faisait comme à chaque fois, elle créait un souvenir. Cette fois, en marquant son épaule pour que sa grand-mère soit toujours avec elle.

Elena, bien sûr, ne savait rien de tout cela. Principalement parce que Selma n'avait jamais dit à son amie qu'elle avait été adoptée, et encore moins que sa mère biologique avait abandonné sa fille de dix ans et son fils de onze ans au centre commercial Lakeline, avec rien d'autre que des sacs à dos assortis et des mots accrochés dessus.

Jamais elle ne partageait cela. Il y avait des limites, après tout. Et une trop grande proximité ne faisait que compliquer les choses, les rendre douloureuses.

— C'est pour ça que tu es passée ce matin ? Pour me le montrer ?

Elena poussa la pile de serviettes en direction de Selma.

— Ou tu es venue pour m'aider.

— En fait, je suis venue pour parler à ton père.

— Vérifier les stocks ?

— En partie.

Selma avait fondé la distillerie Molosse d'Austin à partir de rien, cinq ans plus tôt, et elle commençait à devenir une petite distillerie à la réputation nationale. Nommée en l'honneur de la colonie de Molosses du Brésil, race de chauve-souris endémique à Austin, la variété de petites recettes de la distillerie incluait le Bourbon Molosse et le Whisky de seigle Vol du Crépuscule.

Avant que le Molosse ne rencontre le succès, le *Fix* et son propriétaire, Tyree Johnson, avaient toujours été loyaux et l'avaient soutenue, allant même jusqu'à organiser une dégustation pour son compte, bien avant que quiconque à Austin, ou dans le pays, ne sache qui elle était.

— Pour être honnête, dit Selma à Elena pendant qu'elle l'aidait à envelopper les couverts, je voulais lui annoncer ma nouvelle et lui demander conseil.

— Une nouvelle ? Est-ce que le Molosse a gagné une autre récompense ?

— Non, mais merci pour le vote de confiance.

— Maintenant, je meurs de curiosité. Attends une minute.

Elle s'éloigna le long du bar jusqu'à la petite

section ouverte. Sans prendre la peine de soulever la planche, elle glissa en dessous et sortit deux verres à ballon, qu'elle apporta devant Selma.

— J'ai un plan, te faire boire pour que tu me le dises avant mon père. Trop tôt pour du bourbon ?

— Fais-moi boire. Et tu sais comment je paie mes factures en ce moment. Pour moi, il n'est jamais trop tôt pour du bourbon.

Elena mit un glaçon de la taille d'une balle de golf dans chaque verre, puis elle versa une quantité appropriée pour l'apéritif. Au lieu de faire glisser un verre sur le bar en direction de Selma, elle les garda dans ses mains, passa à nouveau sous le bar et se dirigea vers une table pour deux. Elle posa bruyamment les verres, puis s'assit sur une chaise.

— Bon, raconte-moi.

Normalement, Selma n'était pas du genre à obéir aux ordres, mais elle voulait partager cela avec Elena depuis des jours et elle espérait que son amie serait au bar tôt le matin.

— Voilà, je vais déménager en Écosse.

Elena venait seulement de lever son verre, mais elle le reposa sans avoir pris une gorgée.

— Tu *quoi* ?

Selma pencha la tête et jeta un œil à son amie. Elle l'avait très bien entendue.

— Waouh, fit Elena.

Cette fois, elle prit vraiment une gorgée.

— Depuis quand ? Est-ce que tu as pensé à tout ? Comment vas-tu gérer la distillerie ?

Selma se hérissa. Pendant une seconde, elle envisagea de changer radicalement de sujet. Elle savait, cependant, qu'Elena ne pensait pas à mal, même si elle lui rappelait sa mère adoptive. Pendant des années, Allison Herrington avait seriné à Selma qu'elle était la meilleure petite fille au monde. Ou plutôt, qu'elle le serait si elle cessait d'être aussi impulsive.

— Bien sûr que j'ai réfléchi. J'ai des petits contrats là-bas, et une fois que ce sera fait, je pourrai me servir de l'argent pour financer un an de voyages à travers l'Europe. J'irai peut-être en Asie ou en Australie, aussi.

— Oui, mais l'Écosse ? Qui va gérer le Molosse ? Et ça te vient d'où ? Je veux dire que c'est une chose de partir en voiture pour un concert dans le Montana.

Aventure que Selma avait faite récemment, au plus grand amusement d'Elena.

— Mais c'est une tout autre chose que de déménager dans un autre pays.

Selma haussa simplement les épaules. Son amie n'avait pas tort. Mais elle aimait rester en mouvement. Elle voulait de l'aventure. De nouveaux paysages. Et puisqu'ils n'allaient pas venir à elle, elle devait aller à leur rencontre.

— Comment t'est venue cette idée ? insista Elena.

— Tu te souviens que je t'ai parlé de Sean O'Reilly ?

— Ce n'est pas le type que tu as rencontré pendant ton séjour en Écosse après la fac ?

— Oui, c'est lui, mais c'est plutôt *pendant* la fac. Ou techniquement, c'était après que j'ai abandonné.

Elena s'adossa dans son siège avec une expression amusée.

— Et ? Comment entre-t-il dans le tableau maintenant ?

— Je vais aller en Écosse pour travailler dans certaines de ses distilleries.

Elle avait rencontré Sean plus de dix ans plus tôt, après avoir laissé la vie universitaire derrière elle. Elle avait d'excellentes notes dans tous les cours, mais apprendre par le biais des livres ne lui convenait pas du tout. Alors, elle avait décidé, plutôt que d'apprendre Lord Byron, Robert Burns, Robert Louis Stevenson et tant d'autres poètes écossais par l'intermédiaire du doctorant qui leur tenait lieu de professeur à la fac d'Austin, de s'envoler jusqu'à la source et d'apprendre autant qu'elle le pouvait par elle-même.

Elle avait officiellement quitté la fac un vendredi, et le lundi suivant, elle montait à bord d'un avion avec un sac à dos, un téléphone, une carte de crédit et absolument rien de prévu au programme. Ça avait été le paradis. Elle avait exploré des villes et des villages, elle avait parlé avec les locaux, elle avait lu de la poésie sur un banc au château d'Édimbourg. Elle avait séjourné dans des auberges de jeunesse et s'était fait des amis parmi les autres étudiants.

Et surtout, elle avait rencontré Sean. Il lui avait prêté vingt livres quand sa carte de crédit avait été refusée, et quand elle l'avait remboursé le jour suivant, il avait utilisé l'argent pour lui faire goûter une variété de whiskies écossais. Elle s'y connaissait un peu en alcool, elle s'était essayée à la distillation à l'université, mais à l'époque, elle buvait principalement du vin. Avec Sean, elle s'était non seulement découvert un goût pour le whisky écossais, mais également un excellent palais. Si talentueux, en fait, que Sean lui avait proposé un travail pour l'été dans sa distillerie, dans les Highlands.

Elle avait accepté, mais à la condition qu'il comprenne que ce n'était pas permanent. Elle était venue en Écosse pour explorer, et c'était ce qu'elle avait l'intention de faire. Cela dit, elle n'était pas contre l'idée d'accepter un emploi pour financer de nouvelles aventures.

Elle avait atterri dans son lit avec la même mise en garde. Son voyage dans les Highlands portait entièrement sur le plaisir, et tout ce qu'elle cherchait, c'était à passer un bon moment.

Après deux mois, elle en savait plus qu'elle ne s'y attendait sur le whisky écossais et encore un peu plus sur les mille et une manières de s'éclater au lit.

Elena fronça les sourcils.

— Alors, est-ce qu'il y a quelque chose entre vous deux ?

— Vraiment pas.

À l'époque, le fort accent de Sean O'Reilly chatouillait ses sens, il lui faisait penser à tous ces hommes sexy en kilt et aux romances historiques qui l'avaient aidée à survivre pendant les années d'angoisse avant que sa mère et son père ne les adoptent enfin, Matthew et elle. Ils avaient passé du bon temps au lit et ils avaient un intérêt commun pour le bon whisky, mais c'était à peu près tout. Ce n'était qu'une aventure savoureuse, il y avait des années de cela, et Selma mettait un point d'honneur à ne jamais regarder en arrière. Pourquoi le ferait-elle alors que le monde était rempli d'une telle variété de délicieuses opportunités ?

— Est-ce qu'*il* le sait ?

Selma pouffa.

— Évidemment. Est-ce que tu m'as déjà vue timide ? Et puis, il m'a dit qu'il était avec une fille du coin. Mais il m'a assuré que je ne manquerais pas de superbe compagnie écossaise.

Elena leva les yeux au ciel.

— Les Highlanders et ce qu'il y a sous leurs kilts mis à part, pourquoi vas-tu en Écosse pour travailler dans une distillerie alors que tu en as une en plein essor ici ?

— Alors, voilà, c'est la seconde partie. Je vends Molosse.

Elena renversa presque son verre.

— Tu *vends* Molosse ? Maintenant ? Tu es sur le point de percer. Des restaurants dans une douzaine d'États achètent ton bourbon. Pourquoi ferais-tu une chose pareille ?

— C'est exactement ma question.

La voix profonde arrivait de l'autre côté du bar vide et Selma se retourna sur sa chaise pour voir Tyree Johnson arriver, parcourant la distance qui les séparait à grandes enjambées. Grand homme au crâne rasé, à la barbe bien taillée et à la peau aussi noire que celle d'Elena, Tyree semblait habiter la pièce. Ses larges épaules et son torse imposant auraient été intimidants si une réelle gentillesse n'émanait pas de lui.

— Dis-moi que j'entends des voix.

— Non, dit-elle résolument. C'est la meilleure décision. *Ma* décision.

Elle le vit croiser le regard d'Elena. Pour deux personnes qui ne s'étaient pas rencontrées jusqu'à tout récemment, quelques mois à peine, ils avaient une grande complicité, sans mentionner leurs traits semblables. Mais ce qui fit sourire Selma quand ils échangèrent un regard, ce fut la grande affection qu'il vit dans les yeux de Tyree. À cette même époque, l'an dernier, il ne savait pas qu'il avait une fille. Maintenant, la seule expression de son visage montrait à quel point il l'adorait. Sans mentionner la mère d'Elena, Eva, dont il était retombé amoureux après une séparation de plus de vingt ans.

Si elle n'était pas aussi troublée par leurs réactions négatives à propos de son nouveau projet de vie, Selma se sentirait un peu sentimentale en cet instant.

Dans l'état des choses, elle était sur des charbons ardents. Comme si elle devait justifier ses décisions. Bien sûr, personne ne l'exigeait, mais apparemment, elle allait le faire, parce qu'elle frappa sur la table pour avoir leur attention.

— Eh, dit-elle quand ils la regardèrent. Ne me découragez pas, d'accord ? Je sais ce que je fais et je suis en extase à propos de cette offre. Je vais me faire beaucoup d'argent avec la vente, la marque que j'ai créée va continuer à vivre et je vais avoir la liberté de faire des choses excitantes. Comme aller travailler pendant quelques mois en Écosse. Ensuite, je travaillerai peut-être dans les vignes en France. Ou je prendrai des leçons de peinture. Ou de voile à Monaco, de français à Nice. Le monde entier sera mon terrain de jeu. Comment cela pourrait-il être une mauvaise chose ?

Pendant un moment, Tyree ne dit rien. Puis

il prit une chaise à une autre table pour la rapprocher. En s'asseyant, il posa sa main sur les siennes. Sa grande paume les recouvrait complètement.

— Ce n'est pas une mauvaise chose, répondit-il. Et je suis content d'entendre que tu y as réfléchi.

— C'est le cas, dit-elle, un peu sur la défensive. Je ne m'attendais pas à ce que Molosse se développe autant et aussi vite. J'ai toujours pensé que j'aurais la liberté de m'absenter quelques mois, prendre de longues vacances, ce genre de choses.

Tyree hocha lentement la tête.

— Logique. En même temps, c'est un témoignage de ton talent. Tu as fait de cette distillerie quelque chose dont tu peux être fière.

— Et j'en suis fière. Tout comme tu es fier du *Fix*.

Elle parcourut des yeux le bar, avec son intérieur texan rustique. La salle principale, vide en ce moment, accueillait des douzaines de tables disposées de manière stratégique, le long bar et ses étagères en verre offraient un étalage de bouteilles, y compris celles de sa propre distillerie.

Tyree avait rénové la propriété et ouvert le *Fix* sur la 6ᵉ Rue six ans plus tôt, et l'établissement devenait un incontournable à Austin. Selma savait qu'il avait été sur la corde raide pendant un moment, mais maintenant qu'ils organisaient un concours toutes les deux semaines, elle était presque certaine qu'il était de retour dans le vert. Et elle l'espérait. Elle aimait ce bar et elle serait triste qu'il ferme ses portes.

Pour être tout à fait honnête, une fois qu'elle aurait vendu sa distillerie et qu'elle aurait déménagé en Écosse, Selma savait que cet endroit lui manquerait. Ce qui ne voulait pas dire qu'elle avait envie de trop s'y attacher, pas plus qu'à sa propre entreprise.

— Tu as fait des merveilles ici, dit-elle à Tyree. Tu voulais tellement sauver cet endroit, et tu as réussi avec brio.

Récemment, le bar avait traversé des difficultés financières. Le concours du calendrier faisait partie d'un plan visant à lui faire remonter la pente.

— Nous n'y sommes pas encore, répondit-il, mais je pense que c'est en bonne voie.

— J'en suis certaine, lui assura Selma. Après t'être battu si fort pour ce que tu as créé, je peux comprendre pourquoi tu me trouves folle. Mais je ne suis pas prête à me caser. Que ce soit avec un homme ou ma carrière.

Elle haussa une épaule.

— Je suis une feuille qui se laisse porter par le vent et je veux voir où la brise me mènera. En plus, ajouta-t-elle avec un sourire suffisant, l'offre vient d'une grande entreprise cotée en bourse, qui possède beaucoup de labels. Ils vont garder ma marque et me payer généreusement.

Pendant une fraction de seconde, elle pensa que Tyree allait objecter, mais il hocha la tête.

— Je comprends.

— Ça veut dire que tu vas m'aider ?

À ces mots, il fit la grimace.

— Je ne comprends pas vraiment comment, mais si je le peux, je le ferai.

— C'est pour ça que je suis venue ce matin. J'ai besoin d'un avocat pour gérer la vente de la distillerie. Et toutes les personnes à qui j'ai parlé me suggèrent le même homme. Je voulais savoir qui tu me recommanderais.

— Alors, je ne sais pas vers qui on t'a dirigé, mais si c'était moi, je m'adresserais à Easton Wallace.

Les joues de Selma lui firent mal tant son

sourire était radieux.

— En fait, il semblerait que ce soit le favori perpétuel. J'ai entendu dire qu'il allait se présenter pour les prochaines élections. Étant donné sa popularité, j'imagine qu'il va gagner.

De l'autre côté de la table, Elena fronça les sourcils.

— Mais il n'est pas populaire auprès de toi ?

— Oh, non, ce n'est pas ça. Easton est génial.

Elle sentit une chaleur sur sa nuque et elle espéra ne pas trop rougir. Puisqu'elle rougissait rarement, ce serait particulièrement gênant.

— Disons qu'on se connaissait quand il était en fac de droit. Et je sais qu'il s'entraîne dans la salle de Matthew, ajouta-t-elle en faisant référence à son frère, propriétaire d'une salle de sport dans le coin. Je me disais que ce serait peut-être mieux de ne pas avoir un avocat que je connais. C'est vrai, j'ai des idées très arrêtées. Et s'il n'était pas d'accord avec les points que je souhaite soulever ?

C'était une question légitime, mais elle craignait surtout de ne pas pouvoir prêter une attention suffisante aux questions juridiques. Selma avait une politique stricte de non-retour avec les hommes. Mais elle avait quitté Easton beaucoup trop tôt. Elle le savait, parce que même après toutes ces années, elle ne l'avait pas oublié. Ni lui ni toutes les vilaines choses qu'il avait faites à son corps, la nuit qu'ils avaient passée ensemble.

Tyree balaya ses préoccupations d'un geste, ou du moins, en ce qui concernait l'aspect juridique de la chose.

— Ce ne sera pas un problème. Easton est un vrai professionnel. Il te donnera son point de vue, mais il se battra pour l'offre que tu souhaites tant qu'elle est légale et légitime. Je l'ai embauché à plusieurs reprises. Crois-moi, c'est l'homme de la situation.

C'était précisément le problème. Elle avait toujours envie d'Easton. Il lui avait laissé une certaine démangeaison qu'elle mourait d'envie de gratter. Une démangeaison qui était certainement liée à son départ prématuré. C'était insistant, lancinant, et pour une fois, elle était tentée d'enfreindre sa propre règle.

À bien y penser, elle était sur le point de s'envoler pour l'Écosse. Peut-être, après tout, pouvait-elle s'offrir un départ en fanfare.

Cri du cœur
Mister Septembre

Je sais que je ne devrais pas le désirer.

J'aimerais tant ne pas éprouver ce besoin.

Chaque jour qui passe, je prie pour que la douleur si douce de la nostalgie s'efface enfin. Mais elle demeure.

Dès le réveil, je ressens la douleur. Je retombe dans ces souvenirs qui me blessent aussi profondément que la lame d'un couteau. Balayée, la passion. Éradiqué, l'amour.

Autrefois, il y avait un homme qui me désirait. Désormais, il ne reste qu'une plaie noircie, comme la brûlure imprimée dans la terre après une explosion nucléaire.

Dès le réveil, je me raccroche à la colère.

Mais dans mes rêves, je capitule toujours.

Je me convaincs que je suis mieux sans lui.
Pourtant, j'ai besoin de lui. De ses compétences.
De son aide.

Il ne me reste aucune option. En lui
convergent désir et crainte. Je ne peux que prier
pour ne pas me briser comme du verre sous le
poids de mes regrets.

1

Bâti en 1931, l'hôtel historique Hollywood
Terrace régnait en maître sur le célèbre boulevard. C'était l'endroit où voir et être vu. Mais le
temps a pris sa revanche et, comme la beauté
fanée des starlettes de l'Âge d'Or, le palais Art
Déco est tombé en décrépitude. Les élégantes
garçonnes ont cédé la place aux hippies et aux
Baby Boomers, qui à leur tour ont été remplacés
par les Millennials alors que le vingtième et
unième siècle succédait inexorablement au
vingtième.

Pendant la première décennie du nouveau
millénaire, l'icône autrefois majestueuse est
restée délabrée, à l'abandon. Sa façade en stuc
s'est décolorée en une teinte grisâtre et terne, les
fenêtres couvertes de crasse et fendillées, les

célèbres jardins envahis par la vermine et les mauvaises herbes.

Le sort réservé aux salles intérieures n'était guère meilleur. La tuyauterie fuyait, gagnée par la moisissure, et les rats détalaient dans les couloirs devant les chats errants qui avaient élu domicile dans les recoins obscurs. Les tapis pourrissaient. Le papier peint tombait en lambeaux. Et une fine couche de poussière recouvrait chaque surface telle une couverture négligée.

Avec la détermination d'un boxeur dans la tourmente, le bâtiment s'est débattu tant bien que mal pour rester digne en dépit des assauts des intempéries, des séismes et de la parade monotone du progrès dont témoignaient de nouvelles devantures flambant neuves. Lorsqu'un ruban jaune sur lequel on pouvait lire *Dangereux* et *Défense d'entrer* fut tendu devant les portes vitrées finement ouvragées, les riverains comprirent que le dernier coup avait été porté.

Puis Scott Lassiter a surgi de nulle part, à la rescousse. En fin de compte, l'histoire du Hollywood Terrace n'était pas un film de boxe. C'était l'histoire d'un renouveau. *My Fair Lady* pour l'hôtel délabré.

Le promoteur immobilier international n'a pas lésiné pour rendre au Hollywood Terrace sa splendeur d'antan, ravivant le joyau qu'il était un siècle auparavant. Il a transformé les salles de conférence de la mezzanine en suite de bureaux privés rien que pour lui, il a installé sa résidence au tout dernier étage et il a complété le tout par une piscine d'intérieur et une salle de bal somptueuse.

Tout le gratin a assisté à l'inauguration en grande pompe, cinq ans plus tôt, et Lassiter a été acclamé en héros par les gros bonnets de la ville. Un faiseur de miracles. Un vrai citoyen, dévoué à la préservation de l'histoire qui avait placé ce coin de la Californie du Sud sur la carte, quand les premiers pionniers armés de caméras s'étaient rassemblés sur cette terre d'aubaines et de soleil.

La fête du siècle a fait les gros titres des journaux dans le monde entier. Étant donné que le tout-Hollywood comptait parmi les invités, l'histoire était trop belle pour ne pas être publiée.

La fête de ce soir était encore plus somptueuse. Des dizaines et des dizaines d'invités occupaient la salle de bal Art Déco soigneusement restaurée, avec ses couleurs vives et ses motifs géométriques. Les revenus combinés des clients internationaux bien nantis faisaient passer la fortune des stars d'Hollywood pour de l'argent de poche d'adolescents. Le champagne millésimé coulait à flots dans des fontaines d'argent pur. Les femmes évoluaient sur les carreaux de marbre en robes de soirée conçues pour mettre en valeur des atouts de nature différente. Quant aux hommes en costume à moins de vingt-cinq mille dollars, ils passaient pour de simples frimeurs.

Ce soir-là, malgré tout ce beau monde auréolé de pouvoir et d'argent, la presse n'était pas admise dans la salle de bal. Aucun photographe en quête d'images sexy à poster sur Page Six ou Instagram. Au contraire, cette fête était un événement intime, donné par Lassiter dans son fief privé.

Seule une clientèle triée sur le volet y avait été conviée.

Quincy Radcliffe, agent de Stark Sécurité, ne figurait pas sur la liste d'invités. Ou du moins, pas officiellement. Ce qui ne l'empêcha pas de faire signe à un serveur qui passait pour un scotch soda.

Il le sirota lentement, observant d'un œil désintéressé le flot d'hommes en costume et de femmes aux coiffures sophistiquées qui tournaient autour de Lassiter, comme s'ils venaient rendre hommage à un dieu.

Bande de fous aveugles.

Tout ce qu'ils voyaient, c'était l'argent et le pouvoir de Lassiter. Ils ne se doutaient pas que le compte en banque généreux de leur hôte devait moins à son portefeuille immobilier qu'au pourcentage qu'il prélevait sur le blanchiment d'argent et les programmes de protection.

Scott Lassiter était un connard manipulateur qui avait planté ses serres dans le monde criminel de la pègre. Un jour, Quincy se ferait un plaisir de tirer le tapis sous les pieds de ce bon à rien, s'assurant de lui offrir un panorama bien différent de celui de son appartement luxueux. Avec une dizaine de barreaux à la fenêtre.

Cependant, ce n'était pas au programme de ce soir. Pour l'instant, Lassiter était le moindre de deux maux, et si tout se déroulait comme prévu, ce branleur pathétique le conduirait sans le savoir vers le monstre à la tête d'un trafic d'esclaves sexuelles, le sous-homme au cœur de la mission de ce soir : *Corbu. Marius Corbu.*

— Il est incroyable, n'est-ce pas ?

La blonde aux yeux bruns qui venait de

susurrer avait de longs cheveux lisses dans le dos et une frange qui venait effleurer ses sourcils parfaitement arqués. Elle portait une robe dorée vaporeuse et du maquillage si subtil qu'il était presque invisible, à l'exception du trait d'eye-liner noir qui soulignait ses grands yeux de biche et du rouge à lèvres si éclatant qu'il lui faisait penser à une cerise mûre.

— Vous parlez de notre hôte, Monsieur Lassiter ?

Elle gloussa et le champagne clapota dans son verre quand elle fit mine de taper dans ses mains.

— Oh, waouh ! se récria-t-elle comme une adolescente, d'une voix haut perchée. Vous êtes britannique.

— Nom de Dieu, en êtes-vous certaine, ma chère ?

Une fois de plus, elle rit.

— Et vous êtes drôle, avec ça. Non, comment dites-vous en Grande-Bretagne ? *Plaisant*. Vous êtes fort plaisant.

Elle pencha la tête pour le dévisager. Il savait ce qu'elle voyait. Des cheveux noirs, un visage fin et des yeux gris enfoncés. Il portait un costume Ermenegildo Zegna sur mesure, plus cher que sa voiture. D'après son associée, Denise, il était « fabuleusement baisable ».

Apparemment, la blonde était d'accord, parce qu'il vit le moment précis où son air amusé céda le pas à une attitude plus prédatrice.

— J'aime les hommes qui ont de l'humour.

Sa voix était grave, suave.

— Un homme qui rit doit savoir faire d'autres choses intéressantes avec sa bouche.

Elle inclina la tête avec provocation.

— Je m'appelle Desiree. Et vous ?

— Canton, dit-il, lui donnant le nom correspondant à son personnage pour cette mission, un gestionnaire de fonds spéculatif basé à Hong Kong. Robert Canton.

Elle s'approcha de lui d'un pas chaloupé. Sa robe opaque sembla transparente lorsqu'elle s'avança dans une flaque de lumière. Elle était entièrement nue sous le tissu léger et il sentit son corps se contracter, par réflexe et non par désir. Lentement, elle fit courir ses doigts sur le revers de sa veste avant de descendre jusqu'à poser la main sur sa queue. Elle était dure – c'était un humain, après tout. Il n'était pas étonné. L'objet de cette soirée, c'était le sexe. Le sexe tarifé, cru et anonyme. Et il ne restait jamais insensible aux charmes d'une belle femme.

Elle posa sa main libre sur son épaule en se penchant pour murmurer :

— Eh bien, je suis tout à vous, Monsieur Canton. Comme vous le désirez, jusqu'au lever du jour.

Elle mordilla son lobe d'oreille et il se dit que ce serait très facile. Elle était prête à faire à peu près tout – c'était tout l'objectif de cette petite sauterie. Et il avait grand besoin de se détendre un peu.

Certaines opérations étaient plus ardues que d'autres et celle-ci était une vraie galère. Elle lui échauffait la tête. Pire encore, elle lui échauffait le sang. Et elle le consumait lentement comme un poison. Ou plus précisément, comme une mèche allumée. S'il la laissait brûler trop longtemps, il finirait par exploser. Les souvenirs sombres prendraient le dessus, le monstre imposerait son contrôle et...

Nom de Dieu.

— Oooh, je crois que c'est un oui.

Elle commença lentement à le caresser.

— Je n'ai jamais baisé d'Anglais et je vous promets que je vaux le coup. Je vous en prie, dites-moi que vous n'avez pas déjà donné votre clé à une autre fille.

Il afficha un léger sourire avant de retirer sa main de son entrejambe.

— Désolé, chérie. Je ne doute pas que vous sauriez me satisfaire, mais ma clé est déjà promise.

— *Peut-être pas*, fit alors une voix de femme à son oreille.

C'était Denise, qui se trouvait en ce moment même sur le toit de l'autre côté de la rue. Ainsi que dans son oreille. Elle entendait absolument tout étant donné que leurs oreillettes étaient en mode VOX.

— *Je n'arrive pas à mettre en place le bras du transmetteur. Je vais devoir rester ici et le positionner manuellement.*

— Nom de Dieu.

— Quoi ? fit Desiree.

— Quel dommage que je ne puisse pas vous inviter dans mon lit ce soir. Mais les règles sont les règles.

Et les règles de cette soirée reprenaient celles des fêtes bourgeoises des années soixante et soixante-dix. En résumé, un homme choisissait une femme en prenant sa clé et il passait la nuit à profiter de son corps, comme l'avait dit Desiree, selon ses moindres désirs jusqu'au lever du soleil.

La beauté de la soirée, du point de vue des hommes, était que toutes les femmes étaient gagnées d'avance. C'étaient des call-girls haut de gamme, grassement payées par Lassiter. Y compris Denise – c'était Candy, son pseudonyme, qui touchait ce généreux salaire.

Quant aux hommes, ils payaient à Lassiter une coquette somme, soi-disant le prix d'une chambre d'hôtel. En réalité, le payement leur assurait le privilège de trouver une Miss Parfaite prête à satisfaire tous leurs fantasmes, leurs lubies et leurs envies les plus spéciales. En prime, ils avaient la satisfaction d'acheter une nuit de sexe sans payer officiellement pour cela.

Quince n'avait pas besoin d'une femme dans sa chambre. Il avait besoin d'une partenaire qui fasse le guet et maintienne l'amplificateur de signal en parfait alignement avec le transmetteur et l'ordinateur de Lassiter. Le transmetteur contre lequel luttait Denny sur le toit voisin ne serait d'aucune utilité s'il ne pouvait pas capter le signal dans sa chambre du troisième étage pour l'amplifier jusqu'au niveau mezzanine, où Quincy pourrait pirater l'ordinateur de Lassiter.

Et bien que Desiree soit disposée à satisfaire ses désirs les plus excentriques, il doutait qu'elle considère comme une forme de fétichisme le piratage du système de Lassiter. D'ailleurs, elle était déjà repartie à la recherche d'un autre propriétaire de clé.

C'est la vie.

— Tu te rends compte que ça pose un problème, murmura-t-il en levant son verre pour dissimuler le mouvement de ses lèvres avant de boire une longue gorgée dont il avait grand besoin.

— *Non, sans blague ? Heureusement que tu es là pour m'expliquer comment ça fonctionne.*

Il réprima un petit rire.

— Du calme, du calme.

— *Tu ne me vois pas, mais je te fais un doigt d'honneur, là.*

— Je te reconnais bien là.

Il s'approcha de la fenêtre afin de lui parler plus facilement, gardant un œil attentif sur les invités dans le reflet tout en faisant mine d'admirer Hollywood en contrebas. Denny était à son poste, perchée sur un ancien grand magasin reconverti en immeuble de bureaux.

— *Fait chier. Je vais utiliser une bande de*

ruban adhésif pour me rapprocher au maximum de la perfection. Je pourrai revenir illico presto. Tu as besoin de moi dans cette pièce.

En effet. Mais ils avaient également besoin de pouvoir se fier à la transmission. Cette mission était cruciale pour la force opérationnelle conjointe entre l'Espagne et les États-Unis visant à faire tomber Corbu et son trafic international d'esclaves sexuelles. Stark Sécurité avait été embauché pour gérer cette étape hautement sensible. Une seule mission pour entrer, obtenir et décrypter les coordonnées des nombreux contacts de Lassiter, puis communiquer à la force opérationnelle le protocole nécessaire pour contacter Corbu.

S'il échouait, Stark Sécurité perdrait la réputation qu'ils venaient d'acquérir dans la communauté des renseignements internationaux. Plus important encore, des milliers de vies innocentes étaient en jeu et l'éventail des opportunités était réduit. Comme on le disait à la NASA, l'échec n'était pas une option.

— J'arrive, dit-il.

Il savait très bien qu'elle était compétente, mais il devait essayer.

— Je pourrais peut-être fixer le bras.

— *On n'a pas le temps. Je dois capter le signal dans quinze minutes et tu dois être en poste dans vingt minutes. Passé ce laps de temps, nous sommes foutus.*

Il sortit de sa poche la montre à gousset Patek Philippe qui avait appartenu au père qu'il avait à peine connu. D'une finesse exceptionnelle, elle était toujours à l'heure exacte, mais ce n'était pas pour cette raison que Quincy la portait toujours avec lui. C'était presque religieux, superstitieux.

La Patek Philippe était un souvenir du passé et une mise en garde contre l'avenir.

Elle ne l'induirait jamais en erreur, et en cet instant, elle lui disait que Denny avait raison.

Et merde.

— D'accord, dit-il. Ramène-toi.

C'était un risque énorme, mais l'appareil puissant était conçu pour permettre la transmission et la réception des quantités massives de données nécessaires au logiciel de décryptage performant des services de renseignements. Avec un peu de chance, l'ancre mise en place par Denny autoriserait le transmetteur à capter le signal et à le relayer à l'amplificateur dans la chambre d'hôtel de Quincy. Cet appareil fonctionnait comme un routeur WiFi. Il diffuserait le signal à l'intérieur de l'hôtel, où il serait intercepté par la technologie dont Quincy se servirait pour pirater le système de Lassiter.

Cependant, pour que cela fonctionne, le signal du transmetteur devait atteindre l'amplificateur avec une précision redoutable. Sinon, l'amplificateur relaierait tout et n'importe quoi à Quincy et à son logiciel haut de gamme créé par Stark Technologies Appliquées. La situation n'était pas idéale, mais ils n'avaient pas le choix.

Une fois de plus, il se tourna vers la salle. Il devait savoir où était Lassiter pour pouvoir s'éclipser sans se faire remarquer dans la chambre qui lui avait été attribuée au troisième étage. *Voilà.*

Lassiter se tenait dans un groupe de cinq hommes et deux femmes, sa main dans le dos d'une brune élancée. Les cheveux auburn de la jeune femme tombaient sur ses épaules, et sa robe dos nu très échancrée révélait sa peau lisse, quasiment jusqu'à ses fesses parfaites en forme de cœur. Il y avait quelque chose de très familier chez elle...

Aussitôt, il écarta cette pensée hors de propos.

— Bon, j'ai repéré Lassiter. Je me dirige...

Soudain, elle se retourna et il aperçut son visage.

Il se figea. Pétrifié, comme un arrêt sur image.

Eliza ? Il était impossible que ce soit Eliza.

— *Quince ?* fit Denny d'une voix tendue. *C'est Lassiter ? Il se doute de quelque chose ?*

— Ce n'est pas Lassiter. Un fantôme.

— *Quoi ?*

C'était forcément un fantôme. La femme aux cheveux auburn et aux yeux bleu clair. La femme dont les fossettes avaient fait battre son cœur.

La femme qu'il avait adorée. Dont le parfum s'attardait encore dans ses rêves.

La femme qu'il avait aimée plus passionnément qu'il l'aurait cru possible. Et qui, à présent, devait le haïr plus qu'il ne pouvait l'imaginer.

Il était improbable que cette femme se trouve à une soirée telle que celle-ci. Impossible.

Vraiment ?

Mon Dieu, mais dans quoi était-elle venue se fourrer ?

Sans en avoir conscience, il s'approcha d'elle. Ses longues enjambées franchirent la distance qui les séparait tandis que Denny poursuivait, à son oreille :

— *Que se passe-t-il ? Bon sang, j'arrive. On se retrouve à la chambre dans quatre minutes.*

Il savait qu'il aurait dû se retourner. Il y avait trop d'enjeux dans cette mission. Les vies et la liberté d'un trop grand nombre d'innocentes qui seraient prises au piège du trafic sexuel roumain. Plusieurs milliers de victimes tourmentées, y compris une fille de treize ans, angélique et terrorisée.

C'était après son enlèvement que la force opérationnelle européenne était entrée en action. Fille du prince-régent de l'une des plus petites monarchies européennes, la princesse avait été enlevée à l'occasion d'une sortie scolaire. Son père avait fait appel au chef de la force opération-nelle, un ancien camarade de l'Université d'Ea-ton, ouvrant les énormes coffres de la monarchie pour financer les mises en œuvre nécessaires afin de retrouver la fille et anéantir le trafic de Corbu.

Quincy frissonna quand l'image d'une autre adolescente lui apparut. *Shelley.* Ses yeux pleins de confiance. Ses sanglots étouffés. Et ses propres cris de terreur et d'impuissance alors qu'une douleur explosive le dévastait et que le monde s'effondrait autour de lui.

En cet instant, il savait ce qu'il avait à faire.

— Reste sur le toit, ordonna-t-il à Denny.

— *Quoi ? Mais...*

— Fais-moi confiance. Je gère.

Il avait été trop faible pour sauver Shelley.

Il l'avait laissé tomber. Il avait échoué.

Il était hors de question qu'il échoue à nouveau.

Même si pour cela, il devait intégrer Eliza Tucker dans ce projet aberrant.

**Charismatiques. Dangereux.
Terriblement Sexy.
Découvrez les hommes de Stark
Sécurité.**

En mille éclats

En mémoire de nous

En demi-teinte

À PROPOS DE L'AUTEUR

J. Kenner (alias Julie Kenner) est une auteure de best-sellers internationaux figurant aux classements des journaux *New York Times*, *USA Today*, *Publishers Weekly* et *Wall Street Journal*. Elle a écrit plus d'une centaine de romans, de romans courts et de nouvelles dans toutes sortes de genres littéraires.

Selon *Publishers Weekly*, JK est une auteure qui a un « don pour le dialogue et la création de personnages excentriques », et le *RT Bookclub* estime qu'elle a su « répondre aux besoins du marché en créant des antihéros scandaleusement attirants et dominateurs, et des femmes qui fondent pour eux. » Six fois finaliste de la prestigieuse récompense RITA (*Romance Writers of America*), JK a remporté son premier trophée RITA en 2014 pour son roman *Claim Me* (tome 2 de sa trilogie *Stark*) et le second en 2017 pour son roman *Wicked Dirty*. Elle a vendu des millions de livres, publiés dans plus de vingt langues.

Au cours de sa précédente carrière, JK a exercé comme avocate en Californie du Sud et au Texas. Elle vit actuellement dans le centre du Texas, avec son mari, ses deux filles et deux chats plutôt lunatiques.

Visitez son site web pour en savoir plus et pour entrer en contact avec JK sur les réseaux sociaux !

www.jkenner.com

www.ingramcontent.com/pod-product-compliance
Lightning Source LLC
Chambersburg PA
CBHW071246190726
48292CB00007B/2437